八郎潟文学誌

高橋秀晴

秋田文化出版

八郎潟 詩情豊かな文学散歩

作品ゆかりの地を訪ねる

与謝蕪村

八郎潟町・諏訪神社境内の自画賛を写した蕪村句碑。
句・文・絵が一体となった異色の碑。（本文10頁）

正岡子規

三種町・三倉鼻公園の一角に建つ子規の句碑。
三倉鼻は子規が訪れた最北の地となった。（本文42頁）

菅江真澄

写真右／真澄の記述に残る三種町・三倉鼻の小山の下にある「夫殿の岩窟」。（本文20頁）

写真左／真澄が訪れた井川町・実相院には行基作・阿弥陀仏が祀られている。（本文27頁）

石井露月

男鹿市船越の八龍神社にある魚類供養塚と魚の彫物。（本文58頁）

石田玲水

八郎潟町・塞ノ神公園に建つ石田玲水の詩碑。奥は森山。（本文176頁）

矢田津世子

森山から望む春霞の八郎潟調整池と男鹿の山々（本文101頁）

瓜生卓造

夜明けの八郎潟・防潮水門の風景（本文183頁）

はじめに

そもそもの発端は、八郎潟・八郎湖学研究会における活動の一環として、文人墨客が描いた八郎潟や近代作家が作品の舞台とした大潟村を空間的・時間的に網羅して読み直してみようとしたことにあった。

当初は一五人程度の近代作家を想定していたのだが、調べた結果、『吾妻鏡』という史書と二八人の文人・作家合わせて二九件を扱うこととなった。ある程度調査が進んだ二〇二〇年四月からは、日頃情報を共有している秋田魁新報社文化部の三戸忠洋氏の提案で同紙への連載が始まった。二〇二一年八月までの七〇回に及ぶ「潟の文学散歩―八百年の時空を巡る―」に補筆・修正を加えたものが本書である。

原則として各種事典に載っている事項・文学者等を対象とし、作品の発表順に並べた。また、文章の味わいや時代の色合いを直接伝えたく、多少の読み難さを承知の上で原文の引用を各項の中心に据えるようにした。併せて、筆者による解説・解釈は最小限に止めた。何れも、作品・作家と読者とのダイレクトな出会いを願ってのことである。

他方、出典を始めとする書誌（書物に関する情報）的事項及び先行研究については、できる限り詳しく記した。現在と未来の読者が自らの手で原典に触れ、研究動向をトレースすることに備えるためだ。

各項目毎に独立した内容であるため、必ずしも冒頭から読む必要はない。途中乗車、途中下車を楽しみながら、八郎潟を巡る文学の旅にご同行いただければと思う。

八郎潟文学誌　目次

吾妻鏡

兼《かね》任《とう》伝説残る夜叉袋

八郎潟が登場する初めての文献は『吾妻鏡』である。これは、源頼政が挙兵した一一八〇（治承四）年から一二六六（文永三）年までの鎌倉幕府の歴史を編さんした史書だが、「文学」には、文芸学・語学・哲学・心理学・史学などの総称という語義もあることから、本書の対象とした。

『吾妻鏡』第十の「庚戌　文治六年　四月十一日改元建久元年」に、大河《おおかわ》兼任《かねとう》の乱についての記述がある。それによれば、兼任は「奥州故泰衡郎従」で、主君である藤原泰衡の仇討ちのために挙兵したとされているが、頼朝の東北政策に対する不満による反乱とする説（『秋田県史第一巻』、一九六二年）もある。

『吾妻鏡』は、一一八九（文治五）年一二月に事を計画した兼任が正月に蜂起し進軍した様子を、次のように伝える。

遂兼任相二一具嫡子鶴太郎。次男於畿内次郎。并七千余騎凶徒一。向二鎌倉方一令二首途一。其路歴二河北秋田城等一。越二大闕山一。擬レ出二于多賀國苻一。而於二秋田大方一。打二一融志加渡一之間。氷俄消而。五千餘人忽以溺死訖。蒙二天譴一歟。

兼任は、長男鶴太郎と次男於畿内《おきない》次郎とともに七千余騎を率い、河北、秋田城を経て多賀城の国府に赴こうとした。しかし、秋田の「大方」（八郎潟）で、志加の渡し（山本郡三種町鹿渡説が有力）を通過中に急に氷が消え、五千余人がたちまち溺死した、というのである。

「蒙二天譴一歟（天譴《てんけん》を蒙《こうむ》る歟《か》）」は「天罰が当たったのか」の意で、こうした解釈の仕方からも、『吾妻鏡』が鎌倉幕府によって編まれたことが推定できる。

打撃を受けた兼任だったが、その後、男鹿・大社山《たいしゃやま》、毛毛左田《ももさだ》（現秋田市新屋付近）に進軍し、鎌倉方の由利維平《これひら》、橘公業《きんなり》を破る。一万騎まで兵力を増やし、多賀城に攻め込もうとした一一九〇（文治六）年三月下旬、宮城県北部で鎌倉方の遠征軍に敗れた。その後、陸奥の栗原《りつげん》寺《じ》へ逃走する途中、きこりたちに斧《おの》で殺されるという最期を遂げた。

大河兼任の乱は鎮圧されたが、幾つかの伝説を生んだ。例えば、兼任軍が沈んだ辺りでは霊

火が燃え続け、深くなった。そこを夜叉袋《やしゃふくろ》（現八郎潟町夜叉袋）と呼んだのがいつしか村の名となった、という話（『八郎潟町史』、一九七七年）。

また、多くの人が遭難したことがあったが春になっても死体が上がらない。その辺を舟が通れば異変が起きるので人々は夜叉袋と言って恐れた。やがて年々浅くなって遂に陸地となると奇怪なことは起きなくなった、という話（同）。

口承文学というジャンルが存在している以上、このような言い伝えも大切に扱うべきであろう。

与謝蕪村

月夜の景を詩的に表出

俳人・画家として名高い与謝蕪村（一七一六～八三年）は、摂津国東成《ひがしなり》郡毛馬《けま》村（現大阪市都島区）の生まれである。二〇歳頃江戸に出て、俳人の早野巴人《はじん》（宋阿《そうあ》）の門人となるが、巴人没後、結城（現茨城県結城市）の砂岡雁宕《いさおかがんとう》のもとに身を寄せた。その後、砂岡家の菩提寺である弘経《ぐぎょう》寺に草庵を結び、そこを拠点に関東・東北を約一〇年にわたって放浪する。

一七四三（寛保三）年春、二七歳の蕪村は結城を出発、宇都宮、福島、山形を経て日本海に出る。酒田、象潟、秋田、能代と北上し、津軽の外ケ浜まで足を延ばした。この年は敬慕する芭蕉五〇回忌に当たっていたので、「おくの細道」を念頭に置いていたに違いない。この旅の途中、八郎潟を訪れたのである。

出羽の国よりみちのくのかたへ通りけるに、山中にて日暮ければ、からうじて九十九袋《ヤシャブクロ》といへる里にたどりつきて、やどりもとめぬ。

これは「月夜卯兵衛自画賛《つきよのうへえじがさん》」(『蕪村文集』岩波文庫、二〇一六年)の冒頭。「自画賛」は自分の絵に自ら詩歌・文章を記したもの、「九十九袋」は現在の八郎潟町夜叉袋《やしゃふくろ》である。

眠りに就こうとする蕪村の耳に、ごとごとという音が聞こえてくる。気になって外に出てみると、古い寺の庭で年老いた男が臼で麦を搗《つ》いていた。

此おのこ、昼の暑をいとひて、かくいとなむなめり、と。やがてたちよりて、「名は何といふぞ」と問へば、「宇兵衛」と答ふ。

涼しさに麦を月夜の卯兵衛哉　夜半翁

「夜半翁」は一七七〇(明和七)年以降の署名(奥州旅行時の号は宰鳥《さいちょう》)なので、後年の作であることがわかる。

日中の暑さを避けて作業をしていた男の名は宇兵衛。蕪村は、「宇」の音から十二支の「卯」(兎)を連想して「卯兵衛」とした。そして、「月夜に麦を搗く宇兵衛」から「月で餅を搗く兎」を導くのである。

「麦を月夜」は、麦を「搗く夜」と「月夜」との掛詞（同音の一語に複数の意味を持たせる修辞法）になっているし、初句の「涼しさに」は、夜の快適さと昼の暑さの双方を同時に表している。

中々手の込んだ一句だ。にもかかわらず、平易な語のみを用いて一筆書きのようにさらりとまとめているので、作為を感じさせることはない。

「月夜の卯兵衛」に、蕪村が幼時に離別した父や亡き師巴人の投影を見ることもできるが、わざわざ詠み手の実人生を持ち出す必要はないだろう。月の光を媒介にして現実の宇兵衛と仮想の卯兵衛とが交錯する詩世界を堪能するばかりである。

ちなみに、評論家の森本哲郎は、「月夜卯兵衛自画賛」を「まことに見事であり、当夜の情景がありありと浮かんでくる」文章とした上で、夏目漱石がこの蕪村句を意識しつつ「明月や背戸で米搗《つ》く作右衛門」を詠んだと推定している（『月は東に　蕪村の夢　漱石の幻』新潮社、一九九二年）。

自画賛の中に湖が登場しないのは残念だが、湖岸での出来事を、句に詠み文章と絵に残した事実（蕪村真跡二種が知られる）の意味は重い。蕪村の脳裏に夜叉袋の夜の印象が強く刻まれた証拠だからである。

　同地にある諏訪神社の境内に自画賛を写した蕪村句碑が建っている。作品の舞台がこの場所である物証はないものの、状況から見てその可能性は極めて高い。句・文・絵が一体となった異色の碑、一見の価値はある。

菅江真澄

庶民の姿を克明に記載

菅江真澄（本名白井英二・秀雄）は、一七五四（宝暦四）年（推定）、三河国（現愛知県）に生まれた（没年は一八二九年）。歌人、国学者、紀行家、民俗学者などいくつもの顔を持つ。諸国を巡る旅に明け暮れたが、晩年は久保田藩の領内に住み、庶民の暮らしや習俗を日記・図絵という形で克明に記録した。

真澄が初めて秋田を訪れたのは、一七八四（天明四）年の晩秋だった。日記「齶《あき》田《た》濃《の》刈寝《かりね》」（同年九〜一一月）の九月二五日の記載に、次のようにある。

　人のふみあつらへたるまゝ小佐川といふ磯家に至りて、其ふみの名たづねて入れば、しら豆、おしきに盛てさし出しぬ。

「小佐川《こさがわ》」はにかほ市象潟町の小砂川《こさがわ》。「おしき」は折敷（縁のある盆）。真澄の秋田に関する第一筆である。その後、象潟、本荘、西馬音内に立ち寄り、柳田村（現湯沢市）で年を越す。ここまでが「齶田濃刈寝」。

続く「小野のふるさと」（一七八五年一～四月）には、新年から四月二九日までの出来事が記される。五月、大曲から角館に抜け、阿仁、上小阿仁、五城目を経由して、七月ごろに久保田（現秋田市）に着いたと思われる。確定できないのは、「小野のふるさと」と「楚堵賀《そとが》浜風」（同年八月）の間の日記が未発見だからだ。

この時期の粉本《ふんぽん》稿（絵の下書き）に八郎潟の漁具が描かれているので、真澄が湖を見たことは間違いない。それをいかに文字化したかが判明する時が待たれるが、ともあれ、彼は八月三日、国境を越えて陸奥の国に去ったのだった。

青森、岩手、宮城、北海道を回った真澄は、一八〇一（享和元）年一一月五日、再び秋田入りする。八郎潟が登場するのは、日記「雪の道奥《みちおく》雪の出羽路《いでわじ》」（同年一一～一二月）の一一月一二日の記載。

祖神堆、大曲りといふ野原にいたり、卯辰の方に森吉といふ雪の山いや高う、艮に近う三鞍岬といへる湖の崎見えたり。

「祖神堆」は現在の能代市河戸川相染森、「大曲リ」は山本郡三種町鵜川大曲である。この場所から卯辰《うたつ》（東と東南東との間）の方角に森吉山があるのはいいとして、艮《うしとら》（北東）の方角に三鞍岬（三倉鼻《みくらはな》）が見えるというのは合点がいかない。正確な地図も羅針盤もない時代ゆえの勘違いであろう。何しろ、伊能忠敬が秋田地方を測量する（一八〇二年）前年の話なのだ。

いよいよ湖岸に出る。

豊岡、盛岡などのうまやづたひして、左に大沼の見えて新屋敷、浜村を行に、このあたりの泉郎の家には氷《ヒ》の下なる網引《アヒキ》せんの料とて、あこめいとなう、男は縄なひ綱くりとゝのへ、こゝのさかばかりの大雪舟《オホゾリ》あり、網つみなんものとか。尚八竜の湖をつたふ。くにうどは八郎瀉《ガタ》といふ。

「盛岡」は現在の三種町森岳の別称、「うまや」（駅）は宿場のこと。同町鹿渡の新屋敷、浜村を行くと、漁師の家では氷下漁（凍結した湖面に穴を空け網を下ろして魚を捕る漁法）の準備をしている。九尺（三メートル弱）程の大きな橇《そり》は、網を積むものとか。この八竜の湖を土地の人は八郎潟と言う……。

真澄の眼差しは、風景よりも漁民の作業や道具に注がれる。男女の仕事の違い、橇の大き

さ・用途などが、具体的に描写されている。こういう日常的なことが、実は後の世に伝わらない。当たり前過ぎるからである。
名もなき庶民の実相を、丁寧に正確に書（描）き留めたこと。真澄の独自性の核心は、その点にこそ求められよう。

「鯉川」の命名者は誰か

「雪の道奥《みちおく》雪の出羽路《いでわじ》」一一月一二日の記載は続く。鹿渡の浦（現三種町琴丘地区）に着いたところで、大河兼任《かねとう》（真澄は大川ノ治郎兼任と表記）の乱について述べている。ほぼ『吾妻鏡』をトレースした内容だ。
その後、山谷（現三種町鹿渡山谷村下）を経て同町鯉川に至り、地名の由来を記している。

むかし、さすらへの君こゝに在しころ、この川に鯉を漁《ト》り得てまさなごとに奉りしかば、こは北の国べなどにはなき魚也、めづらしとてになうめでよろこぼひ給ひて、鯉川とよぶべしとありしとか。

食膳に出された鯉を二つとない程素晴らしいと喜び、「鯉川」と呼ぶよう命じた「さすらへの君」（放浪の貴人）とは誰なのか。

「雪の道奥《みちおく》雪の出羽路」から五年後に書かれた「霞《かす》むつきほし」（一八〇六年二～三月）に、鯉川を再訪した際、道連れになった老人から次のような話を聞いたとある。

約五〇〇年前、ある中納言が漂泊して来られた。副河《そえかわ》で捕れた大鯉を献上したところたいそうお喜びになって、副河を鯉川と改めるよう仰せになり、それが村の名となった……。

さらに三年後の「夷舎奴安装婢《ひなのあそび》」（一八〇九年七～九月）には、

天瀬川の村なる山岨の能布巨畠といふあり。そのゆゑは、天正のむかしの事にやあらん、信雄卿こゝにさすらへのよしを伝ふ。能布巨は、信雄公ちふことをよこなはりて畑の字と呼にや。

と記述している。

「天正」は一五七三年から九二年までの年号、「信雄卿」は織田信長の次男織田信雄（のぶ

お・のぶかつ、一五五八〜一六三〇年）。信長亡き後、豊臣秀吉の怒りに触れ、出羽国に流されたとされる。

出羽国のどこに配流されたかは特定できていない。三種町の天瀬川地区に滞在していたという伝承を真澄が書き留めたというだけの話なのだ。信雄公《のぶおこう》がなまって能布巨《のぶこ》となったという落ちは説得力があるが、元々あった能布巨という地名と貴種流離譚とが結びついた可能性もあろう。

問題は、真澄が「花の出羽路　山本郡」（一八二五年の装丁と推定）の「鯉川」の項目に、「むかし、天正のころ、信雄公左遷のとき、此流にて似鯉を漁りて奉りしかば、君しか名つけ給ひしよしをいへり。」と書き遺していることである。

鯉川の命名者が「さすらへの君」から「信雄公」へと変化している。この二人は同一人物なのか。中納言はどうなったのだろう。経緯は不明なるも、真澄は、信雄が命名者であったと結論付けた。

そもそも信雄が流された土地が天瀬川であった確証はなく、中納言説はそれより遙か昔の出来事として語り継がれている。様々な可能性と不可能性が錯綜する状況を、真澄は、天瀬川に左遷された信雄が鯉川と名付けたというストーリーに仕立てたのではなかったか。

『日本歴史地名大系5』（平凡社、二〇〇四年）では、鯉川村の由来として真澄説を挙げている。物語は時に真偽を超越するのである。

交差する神話と伝承

鯉川（三種町）を通過した真澄は、程なく三倉鼻（八郎潟町真坂）に辿り着き、男鹿の本山や寒風山に降りしきる雪を眺めて一首詠む。

たびごろも身に寒風の山ちかくみるめなぎさの氷る水海

旅装の自分の近くに寒風吹きすさぶ山があり、見所もない渚が凍りついている湖が眼前に広がっている、という意。身に染みる寒風と寒風山が掛けられ、「みるめなぎさ」には見所も海草もない渚という多重の意味が託される。

掛詞《かけことば》は、三一文字による表現という約束を守りつつ詩世界を拡大するための工夫に他ならない。制約とそれを超えんとする力とのせめぎ合いが、歌に緊張感を与えるのである。

真澄は、三倉鼻の由来について「しづくらに似たる山の三なん湖水《ミツウミ》のへたに在れば、三鞍岬の名はありけりとなん。」と述べている。「しづくら」は倭文《しず》（横糸を染めて乱れ模様に織った日本固有の織物）で飾った鞍だ。

三倉鼻の下には、夫殿《おとどの》権現の足名槌《あしなづち》神（記紀神話の神）と八竜権現を祀《まつ》る二つの祠《ほこら》がある「夫殿《おとどの》の岩窟」が現存している。以下は真澄の記述。

此山かげ、湖際《ウミキワ》に夫殿窩《オトドノアナ》とて窟《イハヤト》のありき。脚摩乳《アシナツチ》の神を斎《イハ》ひてさゝやかの寒泉《シミヅ》あり、鬢水とぞいへる。

「夫殿窩」という岩屋では、「脚摩乳」（『日本書紀』での表記）を祀り、鬢水《びんみず》と呼ばれるささやかな泉がある……。

鬢水は側頭部の髪の乱れを整え艶を出すために櫛《くし》につける水。内田武志・宮本常一編訳『菅江真澄遊覧記4』（平凡社、二〇〇〇年）には「ひげ水」となっているが、「鬢」を「髯《ひげ》」と見間違えたと思われる。また、「雪の道奥《みちおく》雪の出羽路《いでわじ》」に八竜権現への言及がないのは、こちらは明治期に建てられたものだからだ。

> ゆゑをとへば、此湖水《ウミ》に八岐の蚰《ヲロチ》を平給《ムケ》ふの神事《カンワザ》あり、葦崎《アシサキ》の浦に姨御前の神といふ社あり、此神は手摩槌の神にして、水をへだてて、めをのふたはしらのかんだちのみやゐるぞありけるとなん。

「葦崎」（現三種町芦崎）にある姥御前《うばごぜん》神社に祀られている手摩槌《てなづち》の神は、前述の足名椎（脚摩乳）神の妻である。この二人は、八岐《やまた》の大蛇《おろち》退治に登場する夫婦神。彼らの娘たちが大蛇に次々に食べられてしまい、最後に残った奇稲田《くしなだ》姫が襲われる直前に素戔嗚尊《すさのおのみこと》が大蛇を退治するのだが、真澄は、この神話が地元流に変奏された話を聞いたのであろう。

一方、秋田県立博物館『平成十年度「真澄による新秋田紀行」調査報告書』（一九九九年）では、別の言い伝えも紹介されている。竜神八郎太郎が自分の住処《すみか》となる湖を造るため世話になった老夫婦を立ち退かせた。地震が起き、翁《おきな》は夫殿権現に逃げ、溺れかかった嫗《おうな》は八郎太郎に対岸まで蹴飛ばされて、そこで姥御前として祀られることになった……。

物語によって祠や神社が造られるのか、あるいは存在していた事物から物語が生まれるのか。真澄の遺した記録と他の伝承とを比較したり繋ぎ合わせたりしてみると、新たな発想が湧き上がってくる。

湖を堪能し習俗も紹介

夫殿《おとどの》の岩窟を出た後、夜叉袋《やしゃふくろ》（八郎潟町）を通って一日市（同）に宿をとり、真澄の一八〇一（享和元）年一一月二二日が終わった。

次の日の早朝、土崎（秋田市）に向かい、一二月の半ばまで同地に滞在した。それから城下町の久保田（現秋田市）に移動し、年末の様子を描いて「雪の道奥《みちおく》雪の出羽路《いでわじ》」は閉じられる。

年が明けてから八郎潟の氷下漁を見に行ったことが後年の「比遠能牟良君《ひおのむらぎみ》」（一八一〇年一月）によってわかるが、一八〇二年三月八日までの日記がないため、詳細は不明である。

その後の真澄は、しばらく県北を回る。八郎潟が再登場するのは、「恩荷奴金風《おがのあきかぜ》」（一八〇四年八～九月）。

一八〇四（文化元）年八月一四日、真澄は、中秋の名月を八郎潟で賞でようと久保田を後にした。翌一五日、「こよひの月の、大海原と淡海とに照るかげのいかならん。」と胸を弾ませて土崎の港を出発、江川（潟上市天王）から湖の岸伝いに進む。

　小舟、こゝらこぎ出てひきつらなれり。潮湍《シホゼ》の浪も、この浦の水門にうち入りく。こは、さらにしほならぬ湖水《ウミ》ともさだめがたく、くにうど、もはら瀉《カタ》といひもて渡るもうべならんかし。

海とも湖とも言えない（言える）汽水湖を潟と呼ぶのはもっともだ、と納得している。

天王村（現潟上市）に着いたところで、「八岐《やまた》の大蛇《おろち》退治」の故事と八郎潟周辺に伝わる水神信仰と習合させた祭礼である統人《とうにん》行事（牛乗り、蜘蛛舞《くもまい》など）について紹介し、「遠きかんよのいにしへぶりをまねて、いまし世までも怠らずぞせりける神わざの、又たぐふかたやはあらんかし。」と、評価する。統人行事は、「恩荷奴金風」から二〇〇〇年以上が経過した現在でも継承されており（国指定重要無形民俗文化財）、その稀少性はさらに上がっていると言えよう。

日暮れを待ち、小舟を雇って湖上へ。

月は、まゆずみのごとき太平山のあたりよりつとさしのぼりて、水みどりに、いさごあけらかに照り、遠近の水のくまわもなごりなう見やられて、見ぬもろこしの、その水海やいかならん。かゝるながめとは、いづらやなどいひわたり、舟をたゞよはせて遊ぶ。

太平山辺りから昇った月が湖水や砂浜を隈なく照らす。このような眺めがどこにあろうか、

と感嘆しながらの舟遊びである。

ここで真澄は、確かなことではないがと前置きして、八郎潟を琴の海と呼んだという言い伝えがあると記す。そして、その命名は、近江の湖（琵琶湖）が琵琶の形をしていることから名付けられた例に倣ったのだろうと推測している。

さて、真澄の目に、雁の一群が雲のようになって渡ってゆくのが映った。

なれもさぞこゝろひかれて琴の海や緒滷の月に雁ぞ鳴なる

「なれも」の係助詞「も」によって、詠み手もまた心惹かれていることを間接的に表す。そして勿論、「八郎潟」よりも「琴の海」を用いる方が雅びである。

この後、真澄は、ボラの網漁を見たりなどしながら、夜明け近くまで、皓々たる中秋の名月を堪能したのだった。

鳥の目と虫の目で歩く

真澄は、中秋の六日後の一八〇四（文化元）年八月二一日にも、舟から八郎潟の月を見ている。その前後は、男鹿の浦々を訪ね歩き、土地に伝わる話を書き留めた。興味深い記述が散見されるのだが、八郎潟から離れるので、先を急ぐ。

九月五日、天王（潟上市）を出立。払戸（男鹿市）、福川（同）を通って角間崎（同）にさしかかった。

秋色に染まる湖の眺めを楽しむ。東方には、森山（五城目町）と高岳山《たかおかさん》（八郎潟町）の間の雲間から森吉山（北秋田市）が高く望まれ、それに続く無数の山並みはすべて湖岸に連なって見えるとして、「そのやま〳〵のかげの、水の面におちかさなりていとおもしろう、風情ことなり。」と結ぶ。この格別なる風情を追体験することは、干拓によって叶わなくなった。

その後、六日に鮪川《しびかわ》（男鹿市）の「滝の頭」、一〇日に本内《ほんない》（同）、五明光《ごみょうこう》（同野石）を経て、芦崎（三種町）の浦に着いた。ここでは、姥御前《うばごぜん》神社を訪れている。「雪の道奥《みちおく》雪の出羽《いでわ》路《じ》」の道中で聞いた話を三年後に確認したことになる。

翌一一日に能代に至り、「恩荷奴金風《おがのあきかぜ》」（一八〇四年八～九月）をまとめた。日記は、二一日

の記載をもって終わっている。
一年半程県北を周遊した真澄は、一八〇六（文化三）年、再び八郎潟に姿を現した。「霞《かす》むつきほし」（一八〇六年二～三月）によれば、三月一五日、三種町下岩川宮ノ目を通り、房住山《ぼうじゅうざん》、高杉山を見上げながら増浦の神馬沢（三種町）という集落に着く。

いたり〳〵て師走長峯《シハスナガネ》といふに攀て、鯉河、三鞍岬《ハナ》、高岡山、杜山、河代《カハタヒ》のやかたの外山のかげに見へ、菜種生《フ》の盛りは、こがねをしくかと日のうら〳〵と照り渡り、遠近の山〳〵湖水の面に影おちて、ながめにあきたらねど風いや寒く、うべ師走ながねの名こそしられたれとて、みなおりはてて山路を行に、腰に槻の皮の桶をつけて手に鑿《ノミ》やうのものをもち、これもて松の木をうがちかいやり松瀝《マツヤニ》を採りて、しのゝ笹に包み敲《たゝき》といふものを作るといふ。

鯉川（三種町）、三倉鼻（八郎潟町）、高岳山、森山、川代（三種町）が外山（里近くの山）の陰に見える。今が盛りの菜種が、うららかな陽光を受けて黄金を敷いたように照り映え、遠近の山々の姿が湖面に映る景色は見飽きることがない……。
「恩荷奴金風」では、湖上（一八〇四年八月一五日）と西岸（同年九月五日）からの風景を描いた。対して「霞むつきほし」では、湖の東側からの眺望を活写している。

高台から見下ろしている点も重要だ。八郎潟は平野にある湖なので、視界が開けているのが特徴である。伸びやかさが美点である一方、変化に乏しいというマイナス面もある。真澄は、高低差を利用して、立体感のある八郎潟を描出しているのである。

帰路、腰に欅《けやき》の皮でできた桶を付けて鑿のようなものを持った人に出会い、松脂をとって篠笹で包み蝋燭《ろうそく》を作る旨を聞く。雄大な風光に心動かした直後であっても、真澄の観察眼と好奇心は、庶民の暮らしのディテールを見逃しはしない。

世界に誇る民俗資料

一八〇九（文化六）年、三年四か月振りに八郎潟を訪れた真澄は、「夷舎奴安装婢《ひなのあそび》」（一八〇九年七〜九月）の筆を執った。

七月一〇日、滞在していた五城目から、今戸（井川町）にある実相院に赴く。ここには、行基（東大寺・国分寺の造営に尽力した奈良時代の僧）作という阿弥陀仏が祀《まつ》られていた。

実相院の裏手には石の卒塔婆《そとば》が八つ、小今戸（井川町）の薬師堂の周囲には一〇以上の墓石があり、暦応《りやくおう》（一三三八～四二年）・康永（一三四二～四五年）の年号が刻まれていた。真澄は、「いづらも五百とせに近き石碑のみかく多かるも又あやし。」と首をかしげている。

その後、織田信雄について記し、小池（八郎潟町）の御前柳神社が安産の神となった謂《いわ》れについて解説して「夷舎奴安装婢」は終わる。

続く日記が「比遠能牟良君《ひおのむらぎみ》」（一八一〇年一月）。真澄は、新年を谷地中（五城目町）の佐藤家で迎えた。例によって当地の正月の様子を記録しつつ日を送り、一月一八日、八郎潟の氷下漁を見に行った。

余程興味深かったのか、五日後の二三日にも出掛けている。

　山矢、鹿渡沖べには温濤《ユ》の涌出るところとて、薄氷《ウスラヒ》のあやうしと浦屋形の方にむかへば、馬手に鳥海の岳の烟いやふかう雲とひとしう、夜叉袋の浦に武南方富命《タケミナカタトミノミコト》の神籬のあるは、諏方の湖《ウミ》の辺花岡のほとりより春の宮のあたりを見やるに似て、鳥海の岳は不二の面影ありて、さながら須和《スハ》の海にことならず。うべもいにしへ、しか洲輪《スハ》の神をうつし斎ひまつるにや。

山谷・鹿渡（三種町）の沖合に温泉が湧いているため危険だとある。大河兼任《かねとう》の軍勢が「志加の渡し」を通過中突如氷が消えたため五千余人が溺死したという『吾妻鏡』の記述を想起されたい。

例えば『古戦場―秋田の合戦史―』（秋田魁新報社、一九八一年）は、厳冬期の潟の氷が割れた理由について、「この年の氷の状態がよくなかったか、それとも七千の大軍が氷の強度を上回ったものかは定かでない。」としているが、湖底から湧出する温泉のせいだったという可能性もあるだろう。

「神籬《ひもろぎ》」は、神座・神社、「春の宮」は諏訪下社。噴煙を上げる鳥海山を富士山に、夜叉袋《やしゃふくろ》の諏訪神社を諏訪下社に、そして八郎潟を諏訪湖に見立てて、諏訪の神を移し祀ったことの妥当性に着地する。その土地への愛情を湛えつつ、諸国を見聞した者ならではの外部の目をもって相対化する、……真澄の面目躍如たる叙述である。

それから二か月後の三月二〇日から二二日にかけて、小池、大殿《おとどの》の岩窟、姥御前《うばごぜん》神社等を巡ったことが「雄鹿《おが》の春風」（一八一〇年三～五月）に記されている。気に入った場所を繰り返し訪れる傾向が認められよう。

確認されている日記の中で、最後に八郎潟が登場するのは「牡鹿《おが》の寒《さむ》かぜ」（一八一〇年七月～一一年二月）だ。一一年の元旦、湖水で白鳥の群れ鳴いている様を、「松風の声かあらぬ

か琴の海の春をしらぶる雪のしら鳥」と詠んだ。

真澄が表現した八郎潟とその周辺を辿ってきた。場所を限定してさえ、これだけの質と量の文章が現存していることに驚く。この他に夥しい数の図絵もある。

日本文学・民俗学研究者の石井正己氏は、「世界に誇る菅江真澄の遺産」（『菅江真澄が見た日本』、三弥井書店、二〇一八年）において、真澄の記録をユネスコの主催事業である世界記憶遺産に登録することを提案している。その意味の重さを厳粛に受け止めるべきであろう。

イザベラ・バード

豪雨の中湖畔を行く

イザベラ・ルーシー・バード（一八三一～一九〇四年）は、イギリスの旅行家・探検家・紀行作家である。医師に航海を勧められてアメリカとカナダを訪れたのを皮切りに、世界中を旅した。

初来日は、一八七八（明治一一）年。アメリカ、上海を経由して横浜に上陸（新暦五月二一日）し、英国公使館（一九〇五年に大使館に昇格）に滞在した。

一八七八年の六月から九月にかけて北日本を旅し、その体験を『日本奥地紀行』（一八八〇年）としてまとめた。秋田が初めて登場するのは、院内（湯沢市）まで山道を歩いたという記述（「第二十信／七月二二日」）である。

湯沢、横手、六郷（美郷町）を通って神宮寺（大仙市）に至り、そこから舟で雄物川を下っ

た。旭川を遡上して久保田城下町（秋田市）で下船。九時間の川下りであった。
久保田では、ビフテキやカレーなどの「西洋料理」を食したり、病院や師範学校を訪問したりした上で、次のような感想を記している。

　全体として、私は他のいかなる日本の町よりも久保田が好きである。たぶんこの町が純日本的な町であり、また、昔は繁栄したが今はさびれているという様子がないためでもあろう。（「第二十二信／七月二三日」）

バードが久保田を発ったのは土崎港曳山《ひきやま》まつりの最終日であった。祭礼の様子を克明に描写した後、馬に乗って北上する。

　港《ミナト》から鹿渡《カド》までの間の左手に、非常に大きな潟がある。約一七マイルの長さで、幅は一六マイルである。八郎潟は、狭い水路で海と連絡し、真山《シンザン》と本山《ホンザン》と呼ばれる二つの高い丘に守られている。（「第二十五信／七月二七日」）

一マイルは約一六〇九メートルなので、バードが聞いた八郎潟は、南北約二八キロ、東西約二六キロの潟という計算になる。事実は、南北約二六キロ、東西約一二キロ（『八郎潟の研究』、秋田県教育委員会、一九六五年）なので、明治初年には東西の距離が倍以上あったと考えられていたことがわかる。

「第二十五信」の記載は続く。

現在、二人のオランダ人技師が雇われていて、潟の能力について報告する仕事に従事している。もし莫大な費用をかけずに水の出口を深くすることができるならば、北西日本できわめて必要としている港をつくることができるであろう。

『男鹿市史／上巻』（男鹿市、一九九五年）によれば、この年、第四代秋田県知事（県令）の石田英吉が、土崎、船川、八郎潟について、築港のための測量を工部省に申請している。それが認められて、オランダ人技師が招かれた（宮本常一『イザベラ・バードの『日本奥地紀行』を読む』、平凡社、二〇〇二年、参照）。

六年前の一八七二年には初代秋田県知事（権令）の島義勇《よしたけ》が干拓計画を発表し、建白書を大蔵卿の大久保利通に提出する（実現はせず）など、八郎潟開発の動きは当時既に始まっていたのである。

閑話休題。道中で気分が悪くなったバードは、虻川（潟上市）に泊まった。翌日は豪雨。約三〇センチも溜まった水の中を歩き、ずぶ濡れになって豊岡（三種町）に着く。その後は内陸部を通って檜山《ひやま》（能代市）に向かうのだが、もしバードが晴天の八郎潟を眺めていたらという想いを禁じ得ない。

ともあれ、この希代の女性旅行家は、鶴形（能代市）、二ツ井（同）、大館と進み、七月三〇日に矢立峠を越えて青森へ去ったのだった。

幸田露伴

景色に心を奪われる

幸田露伴（本名成行《しげゆき》、一八六七～一九四七年）は、明治二〇年代を代表する文学者である。「風流仏」（『新著百種』第五号、一八八九年）と「五重塔」（『国会』、国会新聞社、一八九一～九二年）とによって文壇に衝撃を与え、世に言う紅露時代（尾崎紅葉と露伴が主導した時代）を築いた。

一八九二（明治二五）年七月一〇日、露伴は北へ向かって旅立つ。青森まで行ってから取って返し、秋田、佐渡、天橋立等を巡って須磨・明石に至る一か月強の紀行が「易心後語《えきしんごご》」（『国会』七月一四日～八月三〇日）である。

県境の矢立峠を越えて秋田入りしたのは七月二二日。大館に一泊し、翌二三日、八郎潟に辿り着いた。

新屋敷を過ぐる頃より、名に高き八郎潟の景色を貪り観るに興いと深し。景色の餘《あまり》に好きまゝ同くは湖《うみ》に面せる家にて夕晨《ゆうべあした》の風情をも看むと、鹿渡にて湖側なる家に入りしに、家は佳《よき》も西の方を盡く塞ぎありしかば失望して、他の客舎《やど》を伺ひしに亦皆然り。（引用は『露伴全集第一四巻』、岩波書店、一九七八年、より、以下同じ）

景勝の地として広く知られていた八郎潟と対面した興奮が「貪《むさぼ》り観る」という複合動詞で表現されている。

それなのに、岸辺の宿に泊まって夕方と朝の湖を楽しもうとした目論見は、どの宿も湖に面した西側を塞《ふさ》いでいたため頓挫する。露伴は、「松島と並べ称すべき程の好景」を顧みずに暮らすのは「尊き心掛」だとしながらも、風流の欠如を恨めしく思う。

遠路やって来た旅人が抱く当然の心情ではある。しかし、冬季に強い西北風が吹く（冬季の平均風速五メートル以上）この地域で生活するには、風流よりも防風雪を優先せざるを得なかったのである。

失意の露伴が向かったのは、明治天皇が一八八一（明治一四）年九月一四日に聖駕《せいが》（天子の乗り物）をお停めになったという三倉鼻（八郎潟町）。

雪隈どれる浅翠の鳥海山を遙かの左に、招かば来べき深翠色《ぶかみどり》の雄鹿《おが》寒風の山々を眼の前にして、八龍王（八龍湖とは碑文の中に甕江翁の書けり）も棲みつべき漫々たる湖を瞰下《みおろ》せば、夕暮方の波烟り茫々として漁舸を籠め、斗字に張り出で乙字に彎れる崎やら浦やら田圃やら陸地《くが》の都て青々たるも他所に類なく優しき景にて、あはれ一句をと枯腸を搾れど、満目の詩趣に一念空しく混沌として取り出で云ふべき言の葉も無く、假令芭蕉に句ありとも我首肯《うけが》はじと思ふのみなりき。

まず万年雪を頂く鳥海山を望み、次に手が届きそうな寒風山から眼下に広がる八郎潟と湖岸の様へ、つまり遠景から近景へと視線を移動させたダイナミックな描写である。

「枯腸《こちょう》」は詩想が乏しいこと。見渡す限りの詩趣に圧倒されて作句など到底できないと、俳聖芭蕉まで引き合いに出して最大級の賛辞を呈す。

その後、一日市（八郎潟町）に行き、「此日接せし人は皆質朴にして善良」であったと思いながら眠りについた。

二四日は朝一番で、蚖川（潟上市）の三吉神社へ。三倉鼻より高い所にあるので眺望が違うし、夕景とは風情も異なるとして、次のように記す。

背には連綿たる山脈を負ひて脚下に疎なる漁戸を瞰《のぞ》み、眼飽かぬ大湖を前に控へて微吹く風に旅衣の袖ひるがへらせ突立てば、何の都会《みやこ》へ帰りたくも無し。

未練を残しつつ「大湖」に別れを告げた露伴は、秋田市に立ち寄った後、二六日に土崎港から船で南下、秋田を離れたのだった。

五年ぶりに湖を訪問

「易心後語《えきしんごご》」の旅から五年後、幸田露伴は、小説家・出版人の大橋乙羽《おとわ》（本名渡部又太郎、一八六九～一九〇一年）を伴って再び秋田にやって来る。

紀行文「遊行雑記」（『太陽』一八九九年三月号・四月号・七月号）によれば、一八九七（明治三〇）年一〇月上旬に東京を出発、仙台、盛岡、青森、弘前を経て、同月一三日に矢立峠から秋田に入った。

夜八時過ぎに能代に到着。「餓えと疲れと寒さとに眼瞼《まぶた》も凹みたらん心地」がしたが、酒と秋田の「貝焼」のおかげでようやく人心地がついたという。

その夜、「雄鹿《おが》の嶋を廻りて秋田に出づべきか、八郎潟の畔《ほとり》を行きて御座《みくら》が岬《はな》など経べきか」を乙羽と相談した結果、「潟を右にして車を走らさんは、身を苦めずして而も浅からぬ興を覚ゆべけれど、島に遊びて馬を馳せんかた、憂きことはあるにせよ猶面白さも深かるべし」ということになった。敢えて難所の男鹿半島を選んだわけである。

翌一四日は、能代の防風林（現風の松原）や寒風山を経て北浦湯本（男鹿市）の暢神館に泊まった。

一五日、戸賀から門前へ。道すがらの「雄鹿の絶景」を「いづれも皆奇ならざる無く妙ならざる無し」と讃えている。

門前からは月明かりの中を四時間も歩き、金川（男鹿市）に着いたのは子の刻（午前〇時頃）だった。半島に滞在した二晩が一週間にも感じられる程疲れ果てた露伴は、一瓶のビールに酔いしれ、正体なく眠りに落ちたのだった。

一六日は、脇本（男鹿市）を通って、船越（同）で小休止。五年前とは異なって、西岸から八郎潟を眺めやる。

　今日の路は皆平らにして、しかも細徑にあらず。船越は左に八郎潟を控へて、天王村と橋

一つを隔つるところなり。潟は浪静かにして、水遠く、蛋の小舟の往来《ゆきき》も安げに秋田の山々の影を蘸《ひた》る塵無き空の青う澄める、見る眼涼しく胸透く心地す。

半島とは打って変わった穏やかな風景に心和ませている様子が窺われよう。

船越からは人力車に乗り、午後四時頃、土崎港町（秋田市）着。料亭「一丁」で遅い昼食をとり、秋田市の小林旅館に旅装を解いた。露伴は、この宿を「清らにして好し」と誉めている。一八日には象潟（にかほ市）に到着したが、「九十九社八十八潟の往時《むかし》は夢とやなりし幻とやなりし、其俤だに今は無くて水田漠々露瀼々、花の上漕ぐ釣舟の跡絶えて玆に殆ど百年、稲の穂浪のよるばかりなり」という状況に落胆する。

その日のうちに県境の三崎峠を越えた露伴は、酒田に宿をとった。それから、尾花沢、山形、米沢（乙羽の故郷）を回って、二四日の午後、帰宅した。

秋田との縁は他にもある。一九〇八（明治四一）年、露伴は京都文科大学（現京都大学文学部）の講師になったが、その時の同僚に鹿角市出身の内藤湖南（本名虎次郎、一八六六～一九三四年）がいた。そして、在野の二人を招聘《しょうへい》した初代学長の狩野亨吉《かのうこうきち》（一八六五～一九四二年）は大館市の出身である。

また、露伴は、秋田県立横手高等女学校（現横手城南高校）の校歌（一九二三年四月一日制定）を作詞してもいる。同校によれば、沼田平治第三代校長の依頼に応えたとのこと。

作詞に関する沼田校長宛て書簡は『露伴全集』に収録されているが、封筒欠として一九〇八（明治四一）年の項に載っている。同校で保管している封筒に一九二二（大正一一）年一〇月二四日の消印があった。全集を修正する発見である。

正岡子規

最北の地で秋を詠む

俳句・短歌の革新に力を尽くした正岡子規（本名常規《つねのり》、一八六七〜一九〇二年）には病臥のイメージがある。しかし、症状が悪化するまでは、旅を愛する活動的な青年であった。

国文学者の復本一郎氏は、『子規紀行文集』（岩波書店、二〇一九年）の「解説」において、講談社版『子規全集第十三巻』（一九七六年）に二七篇の紀行文が収録されている事実を示して子規の旅行好きを説く。その上で、「行動する子規」であることがよくわかる「最も充実した紀行文」として「はて知らずの記」（『日本新聞』、一八九三年七月二三日〜九月一〇日）を挙げている。

子規が芭蕉二〇〇年忌に当たって「おくの細道」を意識した奥州行脚の旅に出たのは、一八九三（明治二六）年七月一九日のことだった。宇都宮、白河、郡山、二本松、福島、仙

台、松島、村山、酒田をゆっくり回ったため、秋田に入ったのは八月一〇日になっていた。

初めて出てくる秋田の地名は大須郷（にかほ市）。「あやしき賤の住居」に泊まったとしか書いていないが、後年の『仰臥漫録《ぎょうがまんろく》』（一九〇一年九月二日から死の直前までの日録）の一九〇一（明治三四）年九月一九日の記述には、夕食に出た牡蠣について「非常ニウマイ」「実ニ思ヒガケナイ一軒家ノ御馳走デアツタ」（引用は前掲『子規全集』、以下同じ）とある。

一一日、芭蕉が「象潟や雨に西施がねぶの花」と詠んだ象潟（にかほ市）は「昔の姿にあらず。」と通過し、本荘（現由利本荘市）に到着。何かの会合があるらしく宿がとれない。警察署を頼ってようやく一軒の旅籠屋に上がり食事にありついた時には、一〇時を過ぎていた。

翌一二日、残暑と足の痛さのため、やっとの思いで道川（由利本荘市）に辿り着く。日は高かったが泊まることにした。

一三日は、馬車で秋田市まで行き、人力車に乗り換えて大久保（潟上市）に着く。


車を下りてありければ、八郎潟眼前に横はりて海の如し。北の方は山脈断続、恰も嶋のならびたらんやうに見え、西の方は本山真山高く聳えて、右に少し離れたるは寒風山なり。夕日は傾きて本山の上二三間の處に落ちたりと見るに、一條の虹は西方に現はれたり。

海のような潟、山脈と三つの山、夕日、そして虹。水と地と天の壮大なる競演である。その夜は一日市（八郎潟町）泊。「僻地の孤村屋室の美魚介の鮮なけれどもまめやかにもてなしたるはうれし。」と、誠実な接客に満足しつつ就寝した。
一四日、三倉鼻（同）へ。

> 邱上に登りて八郎湖を見るに四方山低う囲んで細波渺々唯寒風山の屹立するあるのみ。三ッ四ッ棹さし行く筏《いかだ》静かにして心遠く思ひ幽かなり。
>
> 秋高う入海晴れて鶴一羽

『子規はて知らずの記〈草稿〉』（子規庵保存会、二〇〇三年）には「秋高う――」はなく、「入海の海かと見えて秋の風」がある。初出（前掲『日本新聞』）では、「秋高う――」と「八郎の姿を見れば秋なりける」が並べられていて、決定稿（『増補再版獺祭書屋俳話』所収版）に至って右記のようになった。改稿によって消えた「入海の――」と「八郎の――」は、八郎潟を詠んだものとして記憶（記録）しておいてよい二句である。

この日は秋田市に、翌日は大曲（大仙市）に泊まり、一六日に平和街道（現国道一〇七号）を通って岩手に抜けた。東京に戻り旅を終えたのは八月二〇日であった。

以後の子規は長旅に耐えられない健康状態となる。結果において、三倉鼻は、子規が訪れた最北の地となったのだった。

田山花袋

車窓から景色を描写

田山花袋（本名録弥、一八七一～一九三〇年）は、自然主義文学運動（現実をあるがままに描写するという立場からの変革運動）の中心的存在として、近代文学史にその名を刻まれている。

一八九一（明治二四）年に尾崎紅葉の門下に入り文学活動を開始した花袋は、一八九四（明治二七）年、二二歳の時に、東北を旅した（一〇月二日～一一月三日）。

仙岩峠を越えて秋田に入り、生保内（仙北市）の旅館に泊まっている。生保内公園には、その夜のことを詠んだ「あし曳の山ふところにねたれどもなほ風寒し落ち葉みだれて」の歌碑が建つ。男鹿半島を目指していたのだが、上淀川（大仙市）で足を痛めたために断念し、帰京した。

秋田を再訪したのは、一九〇三（明治三六）年の八月一日から一〇日までの東北旅行においてだった。

能代から酒田までの海岸線を南下する旅程を記した「羽後の海岸」（『太陽』第九巻一〇号、一九〇三年九月一日）に、「わが今《いま》雄《を》鹿《が》半島《はんたう》の勝《しよう》を前《まへ》にして、胸戦《むねふる》ひ心動《こゝろうご》くこと、恰《あたか》も美《うつく》しき人《ひと》の姿《すがた》に接《せつ》せんとするごとくなるも、亦宜《またうべ》ならずや。」（引用は『草枕』、隆文館、一九〇五年、より、以下同じ）とある。つまり、九年前に叶わなかった男鹿半島行きを実現しようとする旅だったわけだ。

能代駅（現東能代駅）を出て、鹿渡駅に近づくと、車窓に八郎潟が姿を現した。

あゝ何《なん》ぞその巨浸《きよしん》にして洋々海《やうくうみ》のごとくなる、あゝ何《なん》ぞ其色《そのいろ》の幽鬱《ゆうゝつ》にしてしかも中《なか》に無限《むげん》の壮大《サフリミチー》を蔵《ざう》したる、對岸《たいがん》の山《やま》は遠《とほ》くして恰《あたか》も大洋《たいやう》の中《うち》の孤島《こたう》のごとく、暗澹《あんたん》たる湖水《こすゐ》の上《うへ》また一帆《ぱん》の白《しろ》きをとゞめず、雨《あめ》ふらんとするの雲《くも》は、逶迤《ゐゐ》たる半島《はんたう》の山影《さんえい》を埋却《まいきやく》して、次《し》第《だい》に湖水《こすゐ》の鏡面《きやうめん》をも蔽《おほ》はんとするにあらずや。

一〇年前に訪れた正岡子規も、「はて知らずの記」において、「海の如し」「北の方は山脈断続、恰も嶋のならびたらんやうに見え」という比喩を用いている。その後空を見上げることも

共通（子規は夕日と虹、花袋は雲を見る）している。

子規が前年の九月一九日に没していることを思えば、花袋が「はて知らずの記」との呼応を意識していた可能性もあり得よう。違うのは、「羽後の海岸」が曇天の八郎潟を描写していることだ。雨が降り出す直前の変化を雲の動きによって巧みに表現している。「逶迤《ゐゐ》」はうねうねと長く続く様、の意。

追分駅で下車し人力車に乗り換えた花袋は、激しい風雨の中、船川（男鹿市）に着く。悪天候を嘆きつつ、ビールをあおって眠りに就いた。

翌日も雨は止まない。ついに男鹿半島訪問を諦めて秋田市に向かい、「旅亭小林」（六年前に幸田露伴が泊まった小林旅館か）泊。

次の日は象潟（にかほ市）へ。往時の風光を偲び、鳥海山を讃え、蚶満寺に歴史を感じる。その夜は秋田屋という宿に泊まり、翌日三崎峠を越えて山形に去った。

「羽後の海岸」発表当時の花袋は、硯友社（紅葉らが創立した文学結社）の人々に馴染めず、不遇をかこっていた。紀行文家として知られてはいたが、小説が書きたかったのである。

その花袋に小説を書く機会を与えたのが新声社（新潮社の前身）社長の佐藤義亮（仙北市出身、一八七八〜一九五一年）だった。義亮の勧めで書いた『ふる郷』（『新声』、一八九九年）は好評で増版となり、花袋は小説家として立つ自信をつけた。一人の秋田県人との出会いがなければ、「蒲団」（一九〇七年）や「田舎教師」（一九〇九年）は生まれず、日本の近代文学史は別の展開を見せていた、かもしれない。

石井露月

北涯と語り湖を漂う

正岡子規の高弟に秋田市雄和出身の石井露月（本名祐治、一八七三〜一九二八年）がいる。河東碧梧桐《かわひがしへきごとう》（本名秉五郎《へいごろう》、一八七三〜一九三七年）、高浜虚子（本名清、一八七四〜一九五九年）、佐藤紅緑《こうろく》（本名洽六《こうろく》、一八七四〜一九四九年）とともに子規門四天王と称された俳人である。

露月は、一八九三（明治二六）年、文学で身を立てるべく上京した。その後、子規の斡旋で新聞『小日本』『日本』の記者となり文学活動を開始するが、持病の脚気に悩まされ、帰郷と上京を繰り返す。

一八九九（明治三二）年一二月、生家にて医院を開業。翌年三月には能代の島田五工（のち五空、本名豊三郎、一八七五〜一九二八年）と図って俳誌『俳星』を創刊するなど、医師・俳人として、秋田に腰を落ち着けた人生を歩み始める。

子規との交情（工藤一紘『小説　露月と子規』、秋田魁新報社、二〇一八年、に詳しい）は続いた。子規の最後の直筆書簡（一九〇二年一月二九日付露月宛て）には、「一刻モ早ク死ニタイト願フ」程の苦痛の中にいるとし、「君ハ頻リニ死ノ悲ムベキヲ説ケドモ其悲ムベキ死ヲ喜ブ所ノ僕ニハ何ノ効力カアルベキ」と書かれている。

相手の心中を熟知した上で、すてばちともとれる本音を吐露していることに、露月への信頼が滲《にじ》む。約八か月後の九月一九日、子規は三五年の短い生涯を閉じた。

師を喪った悲しみが癒えた一九〇五（明治三八）年八月一九日夕、露月は、佐々木北涯《ほくがい》（本名寛綱、一八六六〜一九一八年）と能代行きの汽車の中にいた。翌日に能代公園紫明館で開催される俳星社主催第二回秋田県俳句大会に出席するためである。

二人は、秋田駅前で求めた「正宗」（「由利正宗」であろう）を酌み交わしながら北上する。鹿渡（三種町）を過ぎた頃、北涯が八郎潟湖畔の小さな丘を指さして、あの辺りが織田信雄の配所の跡だと言った。

それを聞いた露月は、徳川秀忠によって佐竹氏に預けられ横手で死去した本多正純《まさずみ》を思い出す。北涯は信雄の、露月は正純の供養のために「正宗」の瓶を傾け、夜七時に能代に到着した時には空になっていた。その夜は、五工の書斎に蚊帳を吊って、三人で寝た。

翌二〇日の俳句大会は六〇人が参加した。露月は「相撲」「野分」の二題一〇句を作る。夜

は、五工、北涯らと痛飲、大いに気炎を吐いた。
次の日、露月、五工、北涯らの一行は、汽車で森岳駅へ向かう。そこからは徒歩で久米岡（現三種町）の北涯宅に行き、深更まで句を詠み且つ語り合った。
二二日、裏口から舟に乗った一行は、北涯に見送られて晴天の八郎潟へ。露月は、昨夜の睡眠不足が祟って舟底で臥せっていたが、かろうじて次の一文を記している。

風逆に吹きて帆に力なく、湖水に波騒ぎ、雲、雄鹿山に徂来す。（「巖瀾遊草」、『俳星』、一九〇五年、引用は『石井露月著作集復刻版』、一九九六年、より）

「新涼の岸離れゆく船路哉」（季語は「新涼」で秋の涼しさの意）他三句を得て、八郎潟西岸の宮沢（男鹿市）に上陸。湯本（男鹿市）まで歩き、暢神館に宿をとった。この旅館には、幸田露伴も一八九七（明治三〇）年一〇月一四日に泊まっている。
その後、宮島（男鹿市）に遊び、二四日に船越（同）を経由して秋田市に入る。その夜は富貴見楼にて句会。翌日は千秋公園の松風亭で句会を開き、二六日に雄和の自宅に戻った。八日間に及ぶ吟行であった。

景色ではなく人間を

一九〇九（明治四二）年五月一日、石井露月は、俳星社主催第五回秋田県俳句大会に出席するため五城目入りした。

翌二日に如来堂で開催された大会には、県内各地から七〇人を超える参加者があった（『石井露月日記』、露月日記刊行会、一九九六年）という。

『俳星』第九巻第三号（一九〇九年五月一六日）によれば、参加者の数は、山本二一人、仙北一〇人、平鹿七人、北秋四人、秋田市四人、由利二人、河辺二人、雄勝一人、そして五城目が二〇数人であった。開催地周辺が多いのは当然として、仙北と平鹿の参加者数が目立つ。何れ、「蓋し本縣に在つては空前と云ふべき」規模だった。

終了後、五城目倶楽部で懇親会が開かれた。前掲『石井露月日記』には「此夜大酔、前後忘却」（原本を見ると「、」ではなく「――」のようにも読める）と記されているが、前掲『俳星』の「流星録」欄に、以下のような記載がある。

同地の南五庵で其夜大酔、此大の程度我輩は知らぬ、所謂前後不覚で翌朝同宿の五工から

委細をきいて掻頭一番したのみである。

「南五」は、後に五城目町長となる北嶋南五（本名卯一郎、一八七九〜一九五一年）。この後、露月は、大酒を飲んでも「殺伐な事」はしたことがないとし、「前後不覚といふ程の酔態を演ずるのは二三年に一回位で、平常は節制の徳を守つて居る。」と弁明する。事実とすれば、五城目大会がいかに愉快なものであったかを間接的に語っていることになる。

翌日は、島田五工、戸沢百花羞《ひゃっかしゅう》（本名盛治、一八七三〜一九一三年）らと馬車を仕立てて三倉鼻（八郎潟町）へ向かった。勿論、正岡子規「はて知らずの記」を意識してのことであろう。

（途中北嶋傳四郎宅ニ休憩）ゴリヲ膾ニシテ弁当ヲ開ク、晩景又馬車ニテ帰宿、五城目今夜市神様祭礼アリ、見物ニ出ル（晴天）（前掲『石井露月日記』）

北嶋傳四郎（一八六三〜一九二四年）は八郎潟町出身の弁護士・代議士、「ゴリ」はカジカの異名、「市神様祭礼」は五城目朝市の守り神である市神（大市比売命《おおいちひめのみこと》）の祭典だ。

三倉鼻で詠んだのは、以下の五句。

馬士よべどあらず道もせにちる李

「馬士」は馬方・馬子。馬士を呼んでもいない、繋がれた馬が動くので李（季語）が道も狭くなる程に散っているというのに、という句意だ。

草つむも駐蹕の地のほとり哉

季語は「草つむ」、「駐蹕《ちゅうひつ》」は行幸の途中で一時乗り物を止めること。三倉鼻には、明治天皇行幸（一八八一年九月一四日）に際して休屋が作られた。

鹿放つよしを庭見の麗かに

湖の雑魚煮れば湖草も麗かに

湖の魚珍らかに見て春惜しむ人

「麗か」「春惜しむ」が季語。五句すべて人間が介在する句で、三倉鼻からの眺望は完全に黙殺されている。

悲しみを癒した湖

石井露月の俳友佐々木北涯《ほくがい》が肺炎によって没したのは、一九一八（大正七）年五月一五日であった。その翌日、露月は、まもなく満二歳になろうとしていた三女章子を亡くす。失意の露月は、六月二二日、加藤蒓江《じゅんこう》（本名景純、一八八七～一九四一年）を伴って北涯宅を訪れた。

湖の方へ薄暑の車吹かれけり

は、森岳駅から久米岡（現三種町）へ向かう途中の句。「北涯墓前二句」とされた、

墓の前に我が立つ葭切も啼かず

夏草のかきわくべくもあらぬ哉

と合わせ、抑制が利いているからこその深い欠落感が伝わってくる三句である。

それから二年後の一九二〇（大正九）年七月二七日、露月は、蒓江とともに船越に赴いた。その時の様子を書き記したのが「峰頭小品――船越行」（『雲蹤』第一巻第六号、一九二三年）である。

駅まで迎えに来た貝塚静薫（本名祐治、一八九三～一九六六年）宅へ。一風呂浴びた後、三人で八竜橋を渡り「天王村の神社」（東湖八坂神社であろう）に詣でる。静薫宅へ戻り、例によって夜が更けるまで杯を交わしつつ語り合った。

翌二八日、湖畔の八龍神社に遊ぶ。足元を走る汐虫（コツブムシ科の甲殻類シオムシか）を見て一句。

汐虫も出て遊ぶ湖辺涼しきに

続いて、境内に建てられた魚類供養塚に目を留める。

獺、魚を祭るとか、狼、獣を祭るという事は、歳時記の上に読むのみで、事実は知らぬが、漁人が魚類のために供養をする、石に刻して謝恩の意を表することは、美しい心理である。（前掲「峰頭小品――船越行」、引用は男鹿史談会編『男鹿文苑』、男鹿市制十周年記念企画委員会、一九六四年、より）

露月は、この「心理」が日本人特有のものではないかと推量し、恰も俳句がそうであるように、と結んでいる。午後は句会を開き、午後七時着の汽車で秋田に戻った。

一九二二（大正一一）年一月二五日、露月の長女ツハが病により満一六歳で急逝した。五月二二日、蒓江は、加藤凡化（本名與吉郎、一八九三〜一九六五年）と図り、傷心の露月を元気づけようと静薫が企画した八郎潟舟遊句会に連れ出す。

露月、静薫、蒓江、凡化らは、夕刻の湖に舟を浮かべて句を作り、ボラやサヨリの漁を見物した。この時の情景を詠んだ露月句として、

湖濶けたり一むら葦の若葉より

湖の魚飛を心に風光る

などがあり、また、後日投函した静薫宛て封書（秋田市立雄和図書館所蔵）に記された「泛湖」と題する次の漢詩も作っている。

山色連平野。湖光映涼天。
不禁幽思発。恐起八龍眠。

湖の風光に感銘を受け、古《いにしえ》の八郎太郎伝説を想起する、という壮大なスケールの詩である。

その後の露月は、長男菊夫の死（一九二三年）をも乗り越え、俳風の確立へと向かう。他方、医師・村会議員としても地域に多大な貢献をした。

一九二八（昭和三）年九月一八日、戸米川小学校長の送別会で送辞を述べている最中に脳溢血で倒れ、五五年の生涯を閉じた。

河東碧梧桐

森山と湖の景を称賛

分野によらず、あれこれ調べてゆくと、何らかの因縁を感じる現象に出会うことがままある。八郎潟を巡っても、与謝蕪村が正岡子規を導いたことはほぼ間違いないし、その子規が、自身に小説を諦めさせた幸田露伴の「易心後語《えきしんごご》」に影響されて三倉鼻（八郎潟町）を目指した可能性も高い。

石井露月が子規の高弟であったことは、既に述べた。そして、露月とともに子規門四天王の一人に数えられた河東碧梧桐《かわひがしへきごとう》もまた、八郎潟を訪れている。

俳句革新運動の先頭に立って活躍した碧梧桐は、子規没後、新傾向俳句（定型を脱した新表現を目指す俳句）を提唱する。『三千里』（第一次、金尾文淵堂、一九一〇年）は、因習を打破するために行った全国行脚の様子を記した紀行文である。

一九〇六（明治三九）年八月六日に東京を出発した碧梧桐は、松尾芭蕉の「おくの細道」に倣って東北に向かった。福島、仙台、松島、盛岡を経て、陸奥上北郡澤田村（現青森県十和田市）で年を越す。

一九〇七年二月二四日の深夜一一時の船で青森を出て、翌日の未明に函館着。その後、根室、十勝、石狩、札幌等を回り、五月五日に青森に戻った。

秋田に入ったのは六月一〇日である。十和田湖畔の休屋から船で鉛山（小坂町）へ行き、小坂銀山町に宿泊した。以後、大湯（鹿角市）、扇田（大館市）、大館を経由して、能代の島田五工宅に旅装を解いたのは一七日だった。

『三千里』の六月二七日の記載に、蕪村と子規への言及がある。「月夜《つきよの》卯《う》兵衛《へえ》自画賛《じがさん》」の中にある「孤峰」が森山を指すと「秋田人」が言うこと、子規が「三倉鼻を北行の極端」（引用は春陽堂文庫版、一九三七年より、以下同じ）としたことなどを記している。

七月一〇日、足掛け二四日間滞在した能代を後にして、鶴川（現三種町）の柳渓（本名田森忠右衛門、生没年未詳）宅へ。「八郎湖を埋立てた廣々とした青田」の向こうに「糸筋程湖の水が見える」が、「男鹿の山々も鳥海山も底深い雲にかくれて」いたという。碧梧桐は、一五日に鶴川を去るに際して、「詩趣に鮓畫趣に湖ある庵かな」の句を柳渓に残し、五城目へ移動した。

翌一六日、町のシンボルと言ってよい森山を、「麓に杉の森などが袴をはいたやうに鹽梅されて、町の甍のすぐ上に牛の背筋の高まつたやうな峯が見える」と形容する。さらに、「男鹿の寒風山、眞山と對峙して、八郎湖の眺望を領している。」として、以下のように結ぶ。

> 森山つゞきの細越の丘に上ると、西に千頃の青田を隔てゝ八郎湖を瞰下する。青田の中を馬場の目川が一筋帯のやうに流れくねつて夕日に虹のやうに輝く。湖中の蓆帆も點々畫圖の中にはいつて来る。八郎湖の眺望は却て人の知らぬかゝる場處にあると思ふ。

「頃《けい》」は面積の単位で、「千頃」は一目で遠くまで見渡せること。「蓆帆《むしろぼ》」は、藁などを編んだ筵をつなぎ合わせた帆。

よく知られたビューポイントからの景色はつまらないという感性は、先人のイメージを追体験する要素を持つ歌枕・俳枕（和歌・俳句に詠まれて有名になった名所・旧跡）の伝統とは対極に位置する。なるほどこれも新傾向か、と納得するのは穿ちすぎか。

涼風に吹かれ作句

一九〇七（明治四〇）年七月一七日、五城目に来ていた河東碧梧桐は、晴天の三倉鼻（八郎潟町）を訪れた。

「湖上の眺望第一に押されてをる」が、線路と国道が通ってから「殆ど舊觀を止めぬやうになつた。」と『三千里』に書いている。

正岡子規が来た当時にあった松林も消え、「日比谷公園で見るやうなペンキ塗の白い板にパークと英語で書いた立札が目につく」という三倉鼻を、碧梧桐は早々に立ち去った。二年後、石井露月が同地からの眺望を句にしなかったのも、同じ気持ちからだったのかもしれない。

　三倉鼻の下に糠盛といふ小さな尖つた丘がある。三四十年前までは其森の下で沙魚を釣つたのであるさうな《ママ》が、今は四方廣々とした青田の中にある。糠森の下の某氏の別墅に請ぜられて、半日の涼風に吹かれた。

「沙魚《はぜ》」はスズキ目ハゼ亜目の魚の総称、「別墅《べっしょ》」は別荘。碧梧桐は、この無名の場所で、

「即景」（即興）として二句を詠んでいる。

湖の廣さ山の低さや雪の峯

田を開き薫風の亭を營みぬ

五城目への帰路、小池村（現八郎潟町）の千田氏の家に立ち寄り、頼《らい》三《み》樹《き》三郎《さぶろう》（本名醇、一八二五～五九年）の筆を見た。三樹三郎は、江戸後期の儒学者頼山陽（通称久太郎、一七八〇～一八三二年）の三男で、尊攘運動に奔走し安政の大獄で刑死した幕末の志士である。

『八郎潟町史』によれば、一八四六（弘化三）年、北海道・大館を経て男鹿巡遊の途中に三倉鼻を来訪し、「望湖亭」（八郎潟町ホームページによれば工藤学内が設けた茶亭の名）と題する次の漢詩を作ったという。

鹿山粘水遠模糊
幾葉漁舟出柳蒲
一酔何妨少時睡

夢魂飛入洞庭湖

動きのない湖面の向こうの男鹿の山、湖上を進む釣り舟を眺め、一杯の酒による眠りの中で洞庭湖（中国）の夢を見る、という内容だ。

碧梧桐は、「詩は平凡で、書も山陽の稚気を帯びたもの」と断じつつも、亭主が五城目まで唐紙を買いに行って書いて貰ったという逸話が土地のよい記念となっている旨を付記している。

その夜は、北嶋南五の家で賑やかに送別会が開かれた。碧梧桐は、南五の妻に、

この家に若竹と君のあるありて

の句を贈った。夏の季語「若竹」に南五の妻シサを重ね合わせての称賛である。

前述の通り、一九〇九（明治四二）年五月二日に俳星社主催第五回秋田県俳句大会が五城目で開催され、その模様が『俳星』第九巻第三号で報告されている。露月は、同号「流星録」欄で「根柢からの大動揺が傾向で、枝葉の小波動が流行」であるとして、「流行を傾向と誤解して矢鱈に「新傾向」を振廻はすなどは笑止の至である。」と主張している。

碧梧桐の五城目訪問からわずか二年で浸透した新傾向俳句の勢いと、その「流行」に対する

露月の構えが窺われて興味深い。

潟船で川を下り湖へ

河東碧梧桐は、一九〇七（明治四〇）年七月一八日朝、五城目を馬車で出立し、一日市（八郎潟町）に着いた。馬場目川まで送ってくれた人々に、「南五庵に在ること數日」として、一句残す。

客恬淡主飄逸や簟

「恬淡」はあっさりしているさま、「飄逸」はのんきなさま。五城目での数日が気を遣わない心安らかなものであったことが窺える。「簟《たかむしろ》」は細く割った竹を筵《むしろ》のように編んだ夏用の敷物で、夏の季語。客と主の清しい在りようを身体感覚に訴えつつ伝えている。

馬場目川からは舟で移動した。

幅の狭い洞ろ舟に似た八郎湖の舟は、不似合な丈の高い蓆帆を上げて幅三里の湖を渡る。風はヤマセの順風である。旅勞れに舟中一睡の間もなく舟は八龍橋の下に著いて、船越に上陸した。もう男鹿半島にはいつてをる、きのふの天王の祭の名殘と見えて、提灯を軒に掛け列ねた家も見える。（『三千里』、以下同じ）

碧梧桐が乗った舟は、潟舟保存会の天野荘平氏によれば『八郎湖水面利用調査報告』（一九一六年）にあるいわゆる木造潟船と思われるとのことだった。干拓の頃まで使用されていたという。「ヤマセ」には東北地方の太平洋側で吹く北東風という意味もあるが、ここでは山を越えて吹いてくる風の意。

船越（男鹿市）から乗合馬車で金川（同）へ。海岸からの眺めを次のように描写している。

眺望の正面に立つ鳥海山には中腹に眞綿を束ねたやうな雲が沸き立つてをる。雙眼鏡で見ると其の雲の間々にまだ雪が澤山に殘つてをる。

船越で一日過ごした碧梧桐は逸、七月二〇日に土崎に泊まり、翌二一日、古四王神社、戊辰役戦死者墓所（八橋の全良寺と思われる）を見て秋田市街に入る。

午後、女米木《めめき》（秋田市）より石井露月が来る。久方振りの再会を祝し、二人はそれぞれ句を詠んだ。

亦樂しからずや蚊遣に君も在焉　露月
子規のことを語る悲しさ涼しさよ　碧梧桐

これに先立つ七月九日、能代にいた碧梧桐は、露月に宛てて「鵜川三四泊、五城目一泊、男鹿一泊、秋田二三泊、刈和野一泊、それから女々鬼に入るが大凡そいつ頃君に会ふのであらう」という葉書を書いている。実際には、鵜川に五泊（七月一〇～一五日）、五城目に三泊（一五～一八日）、男鹿に二泊（一八～二〇日）、秋田（含土崎）に五泊（二〇～二五日）、刈和野（大仙市）に四泊（二五～二九日）した。

行く先は決めていたものの、融通がきく日程であったことがわかる。すべての場所で滞在が長くなったのは、おそらく大いに歓待され居心地がよかったためであろう。

女米木にいたのは二九日から八月二日までだ。碧梧桐は、旧交を温めながらも、刺激のない山中での暮らしが露月の頭を麻痺させた、と考える。同時に、中央にいると自己の立脚地を忘れ流行を追って純粋さを失うという露月の批判も理解する。

その後、由利本荘、象潟（にかほ市）、西馬音内（羽後町）、湯沢、横手、鳥海山、増田（横手市）、大曲（大仙市）など県内各地を巡った。碧梧桐が院内峠を越えて山形へ去ったのは九月二〇日。約一〇〇日間に及ぶ秋田行脚となった。

畠山松治郎

湖畔舞台に初の小説

日本のプロレタリア文学運動の嚆矢とされるのが、雑誌『種蒔く人』である。一九二一（大正一〇）年二月二五日の創刊から第三号までは土崎（秋田市）で発行（土崎版）されたが、新聞紙法による保証金五〇〇円が払えず休刊、同年一〇月に東京で再刊されて、一九二三（大正一二）年まで続いた。

『種蒔く人』に初めて登場する小説は「貧乏人の涙」である。第一巻第一号（創刊号）と同第二号（一九二一年三月）に掲載された。作者名は、第一号が「M生」、第二号が「赤毛布」となっているが、どちらも畠山松治郎（一八九四～一九四五年）のペンネームだ。

松治郎は一日市《ひといち》（八郎潟町）の生まれ。父鶴松の弟が近江谷栄次、その長男が『種蒔く人』編輯《へんしゅう》兼発行人の小牧近江《こまきおうみ》（本名近江谷駉《こまき》、一八九四～一九七八年）で、つまり松治郎と小牧は従兄弟同士ということになる。

一日市小学校を卒業し、小牧、近江谷友治《ともじ》（一八九五～一九三九年、小牧の母サノの弟）らとともに東京の暁星中学に通った。卒業後は、阿保浅次郎弁護士の書生となり、山崎今朝弥《けさや》（一八七七～一九五四年）らの社会主義者を知る。

一九二〇（大正九）年に帰郷。その夏、前年パリから帰国していた小牧を三倉鼻（八郎潟町）に招いて、思想団体である赤光会（命名は小牧）を結成した。そして、翌一九二一年、土崎版『種蒔く人』の同人となって「貧乏人の涙」を発表したのである。

この作品は、善良で正直だったにもかかわらず貧しさ故に「救ひ難い男」になってしまった「S」からの古い手紙を、「ぼく」という語り手が読み返す、という設定になっている。手紙には、かつての約束を果たすとして、「S」の生い立ちが書かれていた。

私はあなたも御存知の北國のH湖畔の寒村で生れました。私の家は村を副ふて流れるB川の橋のもとにあります。今でも。家といひば《ママ》家、小屋といひば《ママ》小屋です昔は渡守りもした事はあるらしいんです。父親はH湖の漁師をし、母は魚賣りを渡世して居ました。（『種蒔く人』第一巻第一号、以下同じ）

登場人物同様、地名もイニシャルで示されている。しかし、「北國のH湖」、そこに流れ込む「B川」、漁ができる大きさの湖、さらに作者の出身地が一日市、といった状況から、作品の舞台が八郎湖畔にある馬場目川沿いの村・一日市であると読むことができる。

「S」には二人の兄がいた。それぞれ村の親方のところの下男になっていて、夜分一緒に帰ってくることもよくあった。

親子五人爐邊で潟魚を燒いて食ふ時には何とも云ひ《ママ》ぬ樂しいものでした。春も夏も秋も冬も、いつまでも〳〵も此《ママ》樂しさがつゞくものと思つて居ました。

貧しいながらも一家で仲良く暮らしていたが、幼心に貧富の差を知るようになる。そして、次のように階級意識が芽生え始めたところで、『種蒔く人』第一巻第一号掲載分は終わる。

若し私等が働かなかつたら。地主が働くかさもなかつたら一俵も米は上らないでせう。若し田地が誰れの所有でもなかつたら私等は働いた丈け米を持つ事が出來るでせう。

これまで取り上げてきた八郎潟表象は、歴史・伝承・民俗・紀行・短詩型文学という枠組みで捉えられたものだった。「貧乏人の涙」は、前述の通り『種蒔く人』初登場の小説であったばかりでなく、八郎潟を舞台とした初めての小説でもあったのである。

貧しさの実態を描く

「貧乏人の涙」の土崎版『種蒔く人』第一巻第二号（一九二一年三月）掲載分に進む。前号の手紙から四日ばかり後に、「S」からの後便が届いた。その中で、幼少の頃、父に連れられて漁に出る様子が綴られている。

ぽか〳〵と春日のうらゝかな日曜には二人であの廣いH湖上へ舟を浮べました。木の葉の様な川舟があつちこつちにも浮んでゐます。鴨の群が雲の様に遠くをとんでゐます。ぴち〳〵躍どる小魚を漁ることのたのしさは誰にも味ひ得ない事でせう。

干拓前の八郎潟の広大さとともに、この湖が漁場であることが示されている。景勝の地であ

ると同時に、人々の生活の場でもあったのである。

平穏な日々は、「S」が一二歳の時に勃発した日露戦争（一九〇四〜〇五年）によって失われてしまう。出征した「S」の長兄が戦死したのだ。母が心労で時々床につくようになったため家計は逼迫し、父は危険を冒して冬の湖に出て行くようになる。

吹雪に遭ったり氷が離れて戻れなくなったりしながら命がけで捕った「潟魚」を「S」が親方の家に届ける。そこでは「大きな爐へ鍛冶屋の様に炭火をおこして家中の人が暖かさうに樂しさうに笑つて」いた。

春も近いある日、氷が割れて流された父が半死の状態で担ぎ込まれた。一命は取り留めたものの気力を失ってしまった父を見かねて、次兄が北海道の漁場へ稼ぎに行く。

その兄は海難事故によりカムチャツカで死去、父はそれが原因で病死する。「S」は、残された母に安楽な暮らしをさせようと思うがままならず、失業中の身である。

最後に、「S」は、漁業と農業における機械化の弊害を訴える。自然に対して団結していた貧乏人の結束が崩れ、貧富の隔たりが一層甚だしくなった、というのだ。そして、「自然に代る壓迫者に對して我々は默して運命を甘受すべきでせうか。」と問いかけて手紙は終わり、同時に小説も結ばれる。

作品の冒頭で設定されていた手紙の受取人である「M」が放置されている。「S」がいかに

「救ひ難い男」へと変わったのかも書かれていない。この二人の交流状況も不明だ。「農村の現状が説得力ある筆致で語られており、文学的才能さえ感じさせる。」（北条常久『『種蒔く人』研究―秋田の同人を中心として―』桜楓社、一九九二年）という評価があるだけに惜しまれる。

一九二一（大正一〇）年という時期に、思想的背景を持ちつつ運動の一環として発表されていることも重要。プロレタリア文学の条件を満たしている点で、文学史的意義も大きい。

他方、松治郎の実家は大地主である。掲載誌を見たと思われる長兄が、「一日市の敵だ」と日本刀を振りかざして松治郎を追い回した（大地進『黎明の群像―苛烈に生きた「種蒔く人」の同人たち』、秋田魁新報社、二〇〇二年）という。

その後の松治郎は、一九二三（大正一二）年に、近江谷友治《ともじ》らと秋田労農社を組織。一九二五（大正一四）年には、一日市小作人組合の初代組合長に、翌一九二六年には日本農民組合秋田県連合会の執行委員長に就任し、農民運動を推進した。さらに、湖東厚生病院の前身である五城目医療組合の事務長や大政翼賛会県本部職員等を務め、一九四五（昭和二〇）年一二月二八日、五一歳で世を去った。

文学の道に進みはしなかったが、八郎潟とそこに生きる漁民の実際を初めて小説化した松治郎の功績が消えることはない。

金子洋文

闘う農民の姿を活写

金子洋文（本名吉太郎、一八九四～一九八五年）は、秋田市土崎港古川町生まれの小説家・劇作家である。秋田工業学校（現秋田工業高校）を卒業し、母校の土崎小学校の代用教員を務めた後上京、本格的に文学活動を開始する。

一九二一（大正一〇）年、土崎小学校の同級生であった小牧近江《こまきおうみ》と『種蒔く人』を創刊、一九二四（大正一三）年には『文芸戦線』を創刊した。

「赤い湖」は、『改造』一九二八（昭和三）年一二月号に掲載された洋文の代表作である。小説の舞台となる農村が面している「湖」の名は明らかにされていないが、「湖水」に「かた」とルビを振っていること、対岸に「一日市《ひといち》」という町があること、「森山」や「男鹿山」が見えることなどから、八郎潟と推定できる。

北条常久氏は、前掲『『種蒔く人』研究―秋田の同人を中心として―』の中で、「赤い湖」は南秋田郡払戸村（現男鹿市）の小作争議に取材したもので、作中の「F村N部落」は払戸村長根部落であると指摘している。この湖が八郎潟であることは間違いないだろう。

作品の冒頭、湖岸に住むお新は、父の杉山滝次が耕作した田を眺めている。

清澄な朝だった。

彼女は水にぬれた顔をあげて金属色に輝いている広い田圃に眼をやった。晴れた湖水に白帆が走り、そこから爽やかな朝風が流れて穂に鳴った、低くとぶ雀の群、追う人の声、鳴子の音、彼女は恍惚《うっとり》として見とれた。（『金子洋文作品集㈠』筑摩書房、一九七六年、以下同じ）

自然と人々の営みが一体となったこの平穏は突如として破られる。滝次の人望と高収益を妬ましく思う隣家の大屋源蔵の策略によって、新築した家の一部を壊さなくてはならなくなったのである。

翌年の五月、滝次は、地主北川家の別家である永吉と結託した源蔵に田まで奪われそうになる。地面に膝をついて懇願するも、永吉に「田はもう隣家の源蔵に貸して今更どうにもならんから帰れッ」と一蹴された。

諦めて田を貸してくれる地主を探すつもりになった滝次に、強く異を唱えたのは女房とお新だった。「こうなりゃ生命なんぞ惜くねえ、田をとるか、とられるか死ぬまで喧嘩しらえす……」と女房が主張したところへ、近在の資産家の息子で帝国大学の法科を卒業した高梨が来訪し、力になる旨を告げる。滝次はようやく争うことを決意した。
田が立入禁止となった。小作調停裁判や小作調停委員会が開かれたが、回を重ねる毎に地主側が優勢になってゆく。

万策尽きた滝次らは、一日市町の農村組合に相談する。組合が源蔵の敷地を測量した結果、登記より三〇余坪多いことが判明した。これを端緒に、組合側と地主側との男鹿全島を揺るがす闘いが始まった。

永吉が頑として交渉に応じないため、一日市町の組合員が決死隊を組織して乗り込むことになる。川から湖に入ると、彼らは棹《さお》を捨てて帆を上げた。

陽はすでに森山をはなれていた。
湖水は美しく晴れて、闘《たゝか》いを迎える対岸の男鹿山は紫紺を帯びて眼に迫っていた。
見よ！
先頭に立つ三艘の舳《へさき》に翻える紅《くれない》の組合旗を！

風は爽かに帆に充ち、七艘の舟は歓呼をあげて対岸に突き進んだ。

陽も山も湖も舟も、詩情に満ちた景物として扱われてはいない。描かれているのは、プロレタリア文学の素材としての八郎潟なのだ。

湖を照らす勝利の光

「赤い湖」は、いかに決着するのか。農村組合が開催した演説会は緊急動議により「男鹿地方農民大会」に変更され、五〇〇〇人を超える群衆が地主の北川家に向かう。

一方、滝次の娘お新を先頭とする女たちの一隊は、裏門から北川家に突入、「樫の樹」(途中から「樫の木」と表記)と呼ばれていた永吉の母への直訴を決行する。県南の温泉から帰宅した「樫の樹」は、お新に対して、田を取り上げるような「無慈悲なこと」は絶対しないと涙ながらに約束した。

「樫の樹」は、永吉に田の返却を厳命する。間もなく群衆が押し寄せ、遂に永吉は組合側の

要求を全面的にのまざるを得なくなった。

勝利の祝宴の翌朝、組合長の重山は一人湖岸に立つ。

バットを一本吸っている間に、湖面をつゝんでいる乳色の靄が次第にうすれて対岸の村々や、美しい森山の姿が夢のように見え始めた、その短い時の湖水の羞恥《はじら》いと吐息《といき》は、彼が小さい時から聞かされて来た湖水の伝説――竜の恋物語を思うにふさわしいミスチックな美しさだった、人の生活は薄靄の中に夢のように浮き出し、富める者の暴虐も貧しい者の苦悩も、対立も、闘争も、ことごとく神秘なものにおおいかくされていた、そしてまた、湖周一帯の農村はその古びた伝説にふさわしい封建的なさま〴〵の制度や遺風に永い間とざされていたのだ。

句点を使わず、読点で繋いでゆく文体が面白い。重山の心情・思考が途切れなく流れてゆく様が伝わってくる。

重山は、神秘的な風光が生んだであろう伝説を、「暴虐」「苦悩」「対立」「闘争」を隠蔽するものとして否定的に捉えている。前例のない見方だ。

やがて、靄《もや》が晴れ、湖の上に森山が鮮かに姿を現す。

その日の出は実にすばらしい眺めだった。いつも夕日の美しさに見なれている重山には新たな刺激をよぶ眺めだった。

日の出が素晴らしかったのは見慣れていないからだけではない。組合が地主に勝利したことは、新しい時代の到来を意味する。昇る朝日はその象徴でもあった。

洋文が「赤い湖」の着想を得た払戸村小作争議が起きたのは一九二七（昭和二）年六月一九日である。作品の発表が翌年の一二月であるので、取材・執筆・推敲に一年数か月を要したことになる。

組合長の重山のモデルは一日市《ひといち》小作人組合の初代組合長を務めた畠山松治郎。作品の骨格は実在の人物や事実に基づいているが、お新と北川家の支配人である笹との交際やその破局、大工の清次郎との新たな恋愛などを絡めて小説世界を構築している。

お新は「樫の樹」を動かすという重要な任務も果たしている。そう言えば、弱気になった滝次に「死ぬまで喧嘩しらえす……」と徹底抗戦を訴えたのは彼の女房であった。

当時、秋田県連合女子青年団が結成される（一九二八年七月一日）など、女性の主体的な組織活動が始まりつつあった。洋文はそうした動きをいち早く察知し、お新・「樫の樹」・女房らにストーリーを駆動する役割を与えたのではなかったか。

「赤い湖」とは、重山をリーダーとする組合と八郎潟沿岸に生きる女性たち双方の勝利を謳う物語だったのである。

農村の悲哀を戯曲に

プロレタリア文化関係の資料約三千点をデジタル化した『昭和戦前期プロレタリア文化運動資料集』（丸善雄松堂、二〇一七年）を読む会、という研究会がある。そこで、雑誌『レフト』第二巻第六号（一九三三年六月）について、ウェブ会議システム「Ｚｏｏｍ」を使って報告した際、同誌巻頭に掲載されていた金子洋文の戯曲「女中奉公」が参加者から高い評価を受けた。

この作品の冒頭のト書き（台詞以外の文章）には「東北の農村」と記されている。ただし、その後に「下手田圃につゞく八郎湖、その上に森山の姿。」とあるので、舞台が八郎潟西岸の村だと特定できる。

五月初旬の午後、戸口の近くで機械を使って縄をなっているお品に、隣家の助五郎が娘のおとよを見なかったかと話しかける。

助五郎が去った後、鶏小屋からおとよが、ややあって三百代言（もぐりの弁護士）と周旋屋を兼ねている板倉が出てきた。二人は逢い引きをしていたのだ。

板倉がお品に口止めをして姿を消した後、お新がやってきて、港の呉服屋に女中奉公に行くことになったと言う。話をしているうちに「森山が夕映で赤くそまつて行く」（ト書き）。

お新が帰り、おとよが現れる。彼女は、お新が板倉に「かみつかれた」ことを話し、第一幕が終わる。

第二幕はそれから五日後の話。ト書きで、「銀三の家と外景――。」（銀三はお品の婚約者）が次のように描写されている。


正面、八郎湖に通じる小川、それに沿ふて幅二間位の網が一杯にほされてゐる。網●しにうつくしく霞んだ湖水と、やゝ紅みをおびた丸い月。上手二三枚雨戸をひらいた家の一部。細いランプが下り、軒下に縁臺がおかれてある。下手の小川に二艘の漁船。遠く湖水の方から發動機の音がかすかにきこえてくる。（●は判読不能文字）

銀三の家の近辺では漁が行われている。半農半漁の村なのだろう。いずれにしても、視覚的・聴覚的リアリティのある表現である。

お品の父親である久蔵が訪ねてきて、銀三が組合をやめないなら縁組みを認めないと言って帰った。心配になってやってきたお品に、銀三は嫁になってくれるなら組合をやめてもいいと告げる。

お品は「湖水さ遊びに行かねえすか。」と誘う。銀三が「おどろいて」（ト書き）、「二人でか。」と訊くと、お品は「おらあ、どうなつてもいゝから。」と答える。つまり、「湖水に遊びに行く」とは男女の関係を持つことを意味しているのだ。

第三幕の舞台は、年の暮れ近いある日の午後五時頃のお品の家。銀三が、組合をやめたのに田をとられ、その上お品を女中奉公に出すというのは話が違う、と久蔵に訴える。久蔵は取り合わない。しかし、銀三を追い出してから、「心の中ぢや、手を合はして泣いてゐたんだ」とお品に謝る。そして、「正直に働けば働くほど喰へなくなる」ことを嘆くのだった。

おとよや板倉、銀三の母親およしらが、お品に別れの挨拶をするため集まってきた。そこへ銀三がへべれけになった男を担いで戻ってくる。その男が、許嫁のお新を女中奉公にとられた三之助であることが判明して幕となる。

洋文は『雄物川』（金子洋文米寿記念刊行会、一九八一年）の中で、この戯曲が「娘を売る農村の悲哀を書いたもの」だとし、「秋田駅のプラットホームで母親がおいおい声をあげて泣きながら、娘のあとへついて行った姿が忘れがたい。」と述べている。発表後半世紀を経ての述懐であることが、この体験とこの作品の重さを表していよう。

干拓の是非を論じる

金子洋文について調べようとする時、第一に当たるべきは、『秋田市立土崎図書館所蔵／金子洋文資料目録』（秋田市立土崎図書館、二〇〇七年）だ。洋文の三女金子功子氏が秋田市に寄贈した全遺品のうち、洋文に直接関係する資料のリストである。

今回、その中の「八郎潟干拓について（上）（下）」という新聞記事の切り抜きを閲覧した。掲載紙不明となっていたが、『秋田魁新報』に掲載された文章だ。「（上）」が載ったのは、一九四一（昭和一六）年七月一九日。次のように書き出されている。

五月中旬《しゅん》、東北民謡《えう》試聴團《だん》に加はつて秋田へ歸つたが、列《れつ》車が青森から秋田へはいつて車窓《そう》から晴れた八郎潟《ろうがた》が展《てん》望されると、連日の試聴づかれで、いささか憂鬱《うつ》をおぼえてゐた一行は、口々にそのうつくしい眺《なが》めをたゝえて、つかれを忘《わす》れたかのやうだつた。（ル

ビは原文のまま、以下同じ）

東北民謡試聴団は、日本放送協会仙台放送局の企画による民謡大会を巡回試聴した団体。一九四一年五月一三日の福島を皮切りに、仙台、盛岡、青森を回った後、一七日に秋田魁新報社講堂で開催された大会を視聴した。午前一一時二八分着の列車で秋田駅に降り立ったと報じられている（翌一八日付『秋田魁新報』）ので、試聴団が八郎潟を眺めたのは当日の午前中であったことになる。

洋文は「一行」としか書いていないが、民俗学者の柳田國男《やなぎたくにお》（一八七五〜一九六二年）を団長に、国文学者の折口信夫《おりくちしのぶ》（釈迢空《しゃくちょうくう》、一八八七〜一九五三年）、歌人の土岐善麿《ときぜんまろ》（一八八五〜一九八〇年）ら錚々《そうそう》たるメンバー一七名の一団であった。彼らは八郎潟を称賛しつつ、干拓によってこの美しい風景が失われることに「惻隠の情」を覚えている風だったと、洋文は記している。

この時期に干拓が話題になるとはどういうことか。『大潟村史』（大潟村、二〇一四年）によれば、八郎潟では明治期から小規模な地先（村落付近）干拓が行われていたが、国家プロジェクトとしての干拓計画は、一九二三（大正一二）年に農商務省（農林・商工業の行政を統括した中央官庁）技師であった可知貫一《かちかんいち》がまとめた「秋田県八郎潟土地利用計画」に始まった。これは、一九一八（大正七）年に起きた米騒動を背景に、米の増産を目指したものであったという。

一九三八（昭和一三）年、国家総動員法が公布され、農商務省から分離した農林省は耕地拡大の方針を示す。一九四一（昭和一六）年には農地開発営団が設立され、開発地として八郎潟が選ばれた。そして、「八郎潟利用開発計画」を策定中であった内務省（警察・土木・地方行政などを統括した中央官庁）との共同調査が実施されたのである。「一行」が話した干拓とはこの事態を指す。

洋文の文章は慎重である。他県人でさえ惜しむ八郎潟の干拓を県人が愁うのは当然だ。しかし、それが日本・秋田の繁栄に繋がるなら「詩《し》人的情《じょう》感など一擲《てき》して差支えない」。とは言え、県会の議決を経ているにもかかわらず賛成の声は聞こえてこない。こうした状況を見兼ねて門外漢ながら筆を執った、と述べている。

金森誠之《しげゆき》内務省仙台土木出張所長の意見・計画を調査した洋文は、「國家百年の繁榮《はん》を招來する國策的大計」と評価する。その上で、「何もかもよいことだらけ」である点を危惧する。それは計画に過ちがある可能性が高いことを意味し、「思はぬ伏兵とつまづきがあることは、殆《ほと》んど決定的」だから、というのである。

戦時下の計画に異議

「八郎潟干拓について」の「(下)」は、一九四一年七月二〇日付『秋田魁新報』に掲載された。洋文は、干拓を成功させるために必要な「批判研究」を挙げる。まず、「科學《くわがく》者による、地《ち》質的、土木的等々の研究《けんきう》」(ルビは原文のまま、以下同じ)について。

「オランダで成功《こう》してゐるから日本へもつてきても矢《や》張り成功《こう》するだらうと云《い》ふやうな考へ方は、本當の科學《くわがく》的態《たい》度でない」とする秋田鉱山専門学校(秋田大学国際資源学部・理工学部の一部の前身)大橋教授が指摘する湖底の湧き水問題を紹介し、それに関する研究が不十分であると主張する。

次に、「農學《のうがく》者と篤農《とくのう》家による干拓農耕《たくのうかう》に關する研究《けんきう》」が必要として、残留塩分の問題を取り上げる。湖岸の例を引いて肥料なしに農作可能であるとする当局者に対し、湖岸と中央部とを同じように考えてよいのか、と疑問を呈す。加えて、田のことは、「知事や土木課員《くわゐん》の意見だけでは信用できない」ので、「百姓」の声を掬《すく》い上げるべきであると述べる。また、「湖畔《こはん》居住者と素人の意見」を挙げ、現地に住む古老の卓見と素人の直感力を大切にすべきとも説いている。

八郎潟の干拓自体に反対しているわけではない点が興味深い。十分な科学的調査と地域住民へのヒアリングの重要性を訴えるに止めている。

強く研究の要を唱えるのは、干拓を実現するのに一〇年はかかると考えていたからだった。労働力も資材も不足している折に、巨額の国家財産を費やして、五年後一〇年後でなければ生産拡充に繋がらない新計画を政府が実行するはずがない、というのである。

即ち、此の新計畫《かく》は一見非常時的容貌《ようぼう》を示してゐるにかゝはらず、その事業的性格は、平和的建設的であつて、國家の存亡《そんぼう》をかけて戰つてゐる現在には、むしろふさはしくないものゝやうだ。

このことを認識していない金森誠之《しげゆき》内務省仙台土木出張所長と当局者を「政治的みとほしに於いてあやまつてゐる」と糾弾する舌鋒に、戦後の一九四七（昭和二二）年から一九五三（昭和二八）年まで参議院議員として活躍（サンフランシスコ講和会議出席、ユネスコ総会出席等）する洋文の姿を見ることができる。

確かに、前年の一九四〇（昭和一五）年一〇月に戦時体制を担う中核組織として大政翼賛会が結成されていたし、約四か月半後の一二月八日に真珠湾攻撃が為され太平洋戦争が始まるこ

とを思えば、この時期の干拓着手は非現実的だ。

洋文は、干拓に取りかかれない期間に八郎潟開発について検討・論議すべきだと繰り返して「八郎潟干拓について」を結んでいる。そもそもこの文章を執筆したことが干拓を良しとしない意思の表れと解釈できようが、それにしても、最後まで反対を表明しない意図は那辺《なへん》にあるのか。日本・秋田の繁栄と「詩《し》人的情感《かん》」（「八郎潟干拓について（上）」）の鬩《せめ》ぎ合いがあったからかもしれないし、政治的判断によったからなのかもしれない。

ともあれ、この時の干拓計画は見送られた。紆余曲折を経て干拓事業がスタートするのは、一九五七（昭和三二）年。「一つの安定的な段階《だんかい》に達しなければ、政府《ふ》は此の巨《きょ》大な構想《こうそう》を實行にうつさないにきまつてゐる。」という洋文の予測はその通りになったが、「虚《きょ》心坦《たん》懐、智《ち》を集めて」議論を尽くしたと言えるか否かは、見解の分かれるところであろう。

「姥ふところ」に感銘

『雄物川』（金子洋文米寿記念刊行会、一九八一年）は、金子洋文最晩年の出版である。その中に「五城目の森山」という一文が収録されている。森山を「秋になると全山鈴虫の声となるので有名」と紹介した洋文は、次の一句を載せる。

森山を手にのせてきく虫の声

この山の南西斜面は、「スズムシ群生地」として一九六〇（昭和三五）年に県指定天然記念物となっていた。ところが、草地がなくなるなどの環境の変化によってスズムシが確認されなくなったため、二〇二〇（令和二）年三月、指定が解除された。
「スズムシ群生地」を前提とした洋文句は、厳密には意味を成さなくなる。文学作品に限らず、こうして意味不明となってしまった現象は多くあるに違いない。記録と研究の役割の重さを想う。
以下は、森山を巡る洋文の回想。

いつか、この山の麓に、頭を丸めて隠棲した農民組合長の畠山松治郎君を、慰労のため訪ねたが、廊下の一角に座って帰宅を待っていると、山の姿から性的魅力を感受しておどろいた。そのことを、帰宅した畠山君に伝えると、農民等は八郎潟の湖上から眺めて「姥

ふところ」と称しているという。その表現の妙にも感銘した。

雑誌『種蒔く人』の同人仲間で、小説「赤い湖」の重山組合長のモデルともした畠山松治郎との交流は続いていたのだった。

「姥《うば》ふところ」については、八郎潟町の田中敏裕氏が「うばふとこ」を「乳飲み子を抱くような形をした森山の古くからの異称」（「『うばふとこ』は守られて―森山採石阻止運動とスズムシ」、『秋田魁新報』二〇二〇年六月八日付）と説明している。

一方、『日本国語大辞典〔第二版〕』（小学館、二〇〇三年）には「風のこない暖かい場所。とくに、南面の山ふところをなす地形で、日だまりの地をいう。」とあり、例えば秋田県内においても能代市と男鹿市に姥懐《うばふところ》、由利本荘市鳥海町に姥《うば》ケ《が》懐《ふところ》という地名がある。

何れにしても、この時の洋文は、山容が帯びるエロティシズムや八郎潟に生きる農民たちに与える安心感といった森山の新しい側面を知ったのである。

続けて、一九八〇（昭和五五）年に講演のため五城目町を訪れた旨が記されている。


講演会場は宗延寺だが、古びたお寺が、近代的なホテルのように生れかわっているのでおどろく。まず、各種の用材のスバラシさに仰天、しかも古格啓承《ママ》の建築ぶりが、ホテルのように見えて浮薄でなく、あくまで寺院の様相をきびしく保持している。住職の分銅志静君は「文芸秋田」の同人であり、流石と思った。

講演が始まったのは一〇月一八日午後三時前。分銅《ふんどう》志静《しせい》氏（一九二三～二〇一六年）は、伊藤永之介（一九〇三～一九五九年）に師事して多くの作品を書いていた。文学研究者分銅惇作氏（一九二四～二〇〇九年）の実兄でもある。なお、洋文の日記（秋田市立土崎図書館所蔵）には、翌日、八郎潟町にある「畠山松治郎・近江谷友治の碑」に「頭を垂れ」た、という記載がある。

この宗延寺での講演会から五年後の一九八五（昭和六〇）年、洋文は九一年の生涯を閉じた。

荻原井泉水

湖上から見た夕景

荻原井泉水《おぎわらせいせんすい》（本名藤吉、一八八四〜一九七六年）は、俳誌『層雲』を主宰して自由律俳句を発展させたことで文学史に名を刻まれている。

当初、河東碧梧桐が推進した新傾向俳句運動に参加していたが、季題無用論を唱えたことで碧梧桐らと袂を分かつ。尾崎放哉《ほうさい》（本名秀雄、一八八五〜一九二六年）、種田山頭火《さんとうか》（本名正一、一八八二〜一九四〇年）などを育てたことでも知られる。

一九一二（大正元）年一〇月、井泉水は秋田県俳句大会に出席するため能代を訪れた。この大会中に季題無用に気づいたとされる。「秋田言葉にすすめらるる梨の大きやか」の句を詠み、大館、十和田湖に向かった。

一九三一（昭和六）年六月一日、北海道の旅に出る。福島の穴原温泉に泊まり、翌日夕刻に仙台着。寝台車で青森へ行き、松前丸に乗船、三日の正午近くに函館に着いた。洞爺湖（四日）、登別（六日）、札幌（八日）、層雲峡（一〇日）、帯広（一三日）などを巡って一五日に函館に戻り、再び松前丸で津軽海峡を渡る。一七日と一八日を弘前で過ごした後、大鰐の蔵館温泉にある富士屋に泊まった。

一九日に秋田駅に着く。当時秋田魁新報社の社長だった安藤和風《わふう》（本名和風《はるかぜ》、一八六六〜一九三六年）に出迎えられ、千秋公園を案内された。

その後、図書館で講演。ただし予定されていたものではなく、急遽、電話で聴衆を集めたという。

講演が終わるや否や車で駅へ向かった。辛うじて間に合った下り列車で船越へ。車中で、「代掻く馬の八郎潟の見えてくる」「旅は夏雲の八郎潟となりてゆく」「をちこち田を植ゑてゐるのが三たり四たり」の三句を得た。

八竜橋のほとりにある南秋倶楽部に宿を取った井泉水は、日没間近の八郎潟に舟を浮かべた。その様子を書いたのが「八郎潟の夕」（『東京日日新聞』一九三一年八月）である。「日本三大湖の一と称せられる」（引用は『男鹿文苑』、男鹿市制十周年記念企画委員会、一九六四年より、以下同じ）と紹介し、次のように続ける。

水は浅いことであるから青いとはいへない、青白くて、なめらかで、かんてんのやうだ。日のおちた跡がうつすりと赤く、薄青い（これこそ本当に水のやうな）空にぼかしかゝつて、ゼリーのやうな感じ、そこに山が二つ、遠いものは群青に高くそびえ、近いものは濃緑に低く裾をひいて、いづれもくつきりと、その水のやうな空にもり上がつてゐるのだ。

水を「かんてん」に、空を「ゼリー」に喩えて、湖上から見える穏やかな夕景を描く。二つの山については、「遠い」と「近い」、「群青」と「濃緑」、「高くそびえ」と「低く裾をひいて」という対句を用いて、コントラストをつけている。遠い山が真山、近い山が寒風山である。顧みると、白い靄《もや》が「ペパーミント色をして平たく長々とつゞいてゐる山に這ひかゝつて」いて、その上の空は「グラスのやうに透明」だった。連山の中央に、千秋公園から眺めた覚えのある山を見出した井泉水は、「あれが太平山でしたか、ね」と確認している。

舟は鯔《ボラ》漁のための張切網《はつきり》に沿って進む。湖面に映った「四日の月」を見た同行の「H」が「やっぱり、生きてゐて好かつたといふ気がする」と言い、一行は、「一種のうつとりとした好い気持に」浸されたのだった。

生活感ある素朴な魅力

荻原井泉水は、『層雲』第二一巻第四号（一九三一年八月）に載せた「雑記」という文章において も、「八郎潟の夕べは実に好かつた。」と書いている。さらに「ハツキリ網、青鷺、寒風山、夕焼、四日の月、行々子、飛ぶ鯔、沈んでゐる蜆、灯火、櫂の音、蛙の声」と列挙し、「それらは何れ句にして見てもらはう。」と表明する。

その言葉の通り、翌一九三二（昭和七）年三月、層雲社から出した『ゆけむり集』に、「八郎潟の夕」一三句を載せた。

最初の「ハツキリ網」に関係するのは、

影は簀のそと宵月のおちてゐる

だろう。「影」は月光。簀《す》・水面との取り合わせが面白い。

次は「青鷺《あおさぎ》」。井泉水は、紀行文「八郎潟の夕」の中で〈夕風や水青鷺の脛を打つ〉という蕪村句を挙げていた。それを踏まえて、次の句を作っている。

脚のべて鷺なるや夕べの空

「寒風山」を詠んだのは、

ながき日青き寒風山の暮れゆくや

だ。夏至近くの日の長さとゆっくりと暮色に染まる様との融合が見事。

「夕焼」に関わる作は複数ある。例えば次の一句。

漕ぎて夕べの松あるに海へ出でずも

紀行文「八郎潟の夕」に「船越の側には、松が一列に、ずつと海の口までも続いてゐるらしい。」という記述がある。

「四日の月」は〈月の四日かと見れば水にうつり〉、「行々子《よしきり》」は〈舟に蒲團おいたままにして葭切〉、「飛ぶ鯔《ぼら》」は〈日暮のゆかたで漕出して飛ぶは鯔か〉、「沈んでゐる蜆《しじみ》」は〈水底に蜆もながい日の暮れがて〉という句になっている。

「灯火」を詠んだ、

葦の青ければ灯の一つ

は、「水墨画の墨の黒さに、ぼつとりと一抹の刷毛でかいた感じ」（前掲紀行文「八郎潟の夕」）である葦《あし》の中に「ポツチリと一つ灯が点つた」（同）情景を句にしたものである。散文と俳句を併せ読むと、作句の過程が想像されて興味深い。

「櫂の音」は、そのまま使われ〈櫂の音は初夏のこれやこの夕べ〉と、そして「蛙の声」は、〈漕ぐほどに遠い蛙のくらくなる時〉と作品化されている。

八郎潟への称賛に対し、翌日（一九三一年六月二〇日）に訪れた男鹿半島の風景に関しては、「唯奇勝以上の何物でもない。」（「雑記」）と手厳しい。季題や定型を嫌い、内的生命を重視した井泉水にとっては、人口に膾炙《かいしゃ》した名勝よりも、生活感のある素朴な八郎潟の方が魅力的に映ったということか。

翌二一日、角館（仙北市）に行き、小林旅館に泊まる。次の日、山形から寝台車に乗って南下し、北海道・東北の旅を終えた。

井泉水は、その後も、一九四五（昭和二〇）年一〇月に、会津、新潟から秋田入りしたり、

翌一九四六（昭和二一）年九月には秋田と新潟を旅し、〈げに秋田に通う道はるかに木槿さいているほこり〉と詠んだりもしている。

句作の他に、俳論、古俳人研究、随筆・紀行など三〇〇冊近い著書を出し、昭和女子大学教授や芸術院会員にもなった井泉水は、一九七六（昭和五一）年五月二〇日、老衰により九一歳一一か月で亡くなった。天命を全うしたと言ってよいだろう。

矢田津世子

幼年の記憶を作品化

五城目町鵜ノ木の町総合交流センター「五城館」内に、矢田津世子《つせこ》文学記念室という一角がある。小規模ながら、単行本、掲載誌、自筆原稿・草稿、愛用品の他、坂口安吾（本名炳五、一九〇六～五五年）や川端康成（一八九九～一九七二年）らの書簡等、貴重な資料が展示されている。

顕彰されている矢田津世子（本名ツセ、一九〇七～四四年）は、同町下タ町に生まれ、七歳までをそこで過ごした。一九一五（大正四）年、秋田市へ転居し、翌年上京、その後は名古屋と東京で文学活動を展開する。

安吾の恋人として知られていたが、一九八九年に小澤書店から『矢田津世子全集』が出、二〇〇二年、講談社文芸文庫に『神楽坂・茶粥の記　矢田津世子作品集』が入ったことで、作

品そのものが再評価されるようになった。
津世子が懐郷の想いを綴った最初の文章は、管見によれば「森山」（『旅行雑誌』、一九三一年）。「わが森山」を「彼女」と呼んで賛美する随想である。

彼女のなごやかな姿は、小さい私達にとつて魅惑の對照《ママ》だ。彼女をみてゐると、何かしら神秘感が湧く。その菫色の山膚。母の美く《ママ》しい眉を思はせるやうなその輪郭。

「姥《うば》ふところ」という別称による影響もあるかもしれないが、津世子はこの山の姿に母を見る。そして、読者も森山を見れば「母に對する愛情」を「呼び覺まされ」、その山容を「記憶にとゞめて歸ることでせう。」と推量するのである。
『婦人文藝』の一九三四（昭和九）年六月号に掲載された「主人」（後「凍雲」と改題され『女心拾遺』に収録）は、五城目を舞台とする小説だ。冒頭において、朝市の様子が活写されている。

この頃の季節には、近くの八郎潟からあがったばかりの白魚だの小鮒だのが、細い藻なんどのからんだまま、魚籃から一桝いくらで量られる。雷魚《はたはた》売りの呼び声が喧ましくなるのも、もう、直ぐである。買い手は、ブリコ（卵）のたっぷりとはいったところを素早く選み分けようとして、売り手との間に小さな諍いが起る。（引用は前掲『神楽坂・茶粥の記　矢田津世子作品集』、より）

湖と海の幸が集まってきていることがわかる。「白魚」は八郎潟全域に生息する汽水魚で、干拓前の年間漁獲量は一五〇トン程度であったという（杉山秀樹『八郎潟・八郎湖の魚／干拓60年、何が起きたのか』秋田魁新報社、二〇一九年、参照）。

主人公の仙太は、親同士の不仲によって恋女房のお高が実家に連れ戻されたため、鬱々《うつうつ》とした日々を過ごしていた。頼みの綱だった仲人の調停は失敗に終わり、夫婦は別れることになる。次の年の五月末、悲劇が起きた。お高の乗った馬車を止めた仙太は、話を聞こうとしない彼女の顔を剃刀で切ったのだ。幸い命に別状はなく、一九年経った今でもお高は秋田市の茶町で達者に暮らしている。彼女や仙太、そして二人の子である仙一に関する様々な憶測が飛ぶが、語り手は、「噂好きな町の人たちの、ほんの噂ばなしかもしれない。」と物語を結ぶ。

随想にしても小説にしても、八歳になる前のあれこれを鮮明に甦らせている。津世子の記憶力と表現力に驚くが、それらが五城目で過ごした幼少期への愛惜の念に裏打ちされたものである点を看過してはならない。

故郷の象徴は山と湖

一九三六（昭和一一）年、矢田津世子が『人民文庫』三月号に発表した「神楽坂」が第三回芥川賞の候補になる（同年九月）。鶴田知也「コシャマイン記」（『小説』同年二月号）と小田嶽夫「城外」（『文學生活』同年六月号）の同時受賞という結果となったが、初の女性候補ということもあり、津世子の文名は上がった。

芥川賞は逃したものの、「神楽坂」は第一回人民文庫賞を受賞（同年一〇月）する。この年の一二月には、当時最も勢いのある出版社であった改造社から第一創作集『神楽坂』を刊行し、文壇に確固たる地位を得た。

翌一九三七（昭和一二）年九月には『假面』（版畫荘文庫）を出版、一九三八（昭和一三）年には「秋扇」（『婦人公論』一九三六年）が「母と子」というタイトルで映画化されるなど活躍の舞台を広げた津世子は、一九三九（昭和一四）年四月、八郎潟をテーマとした随想「春の湖」（『大陸』）を発表する。

冒頭の〈凍雲《いてぐも》の湖面蔽ふ夜や鴨の聲〉（引用は『矢田津世子全集』より、以下同じ）という句は、亡父矢田鉄三郎の作。インパクトこそないが、酷寒に耐える生命力の逞しさ、そして八郎潟の静けさと広大さが伝わってくる句である。

五城目在住当時、鉄三郎は町の有給助役で、「木南」という号で俳句を詠んでいた。津世子は、「凍雲」の句から「郷里の素朴な姿を想ひしのび、そこはかとなき哀感に胸を浸される」として、次のように記す。


父のこの句は、冬の夜の八郎潟を詠んだもので、私の心は、これを口ずさむたびに、稚いそのころにたちかへり、耳を澄ますと湖面を渡る鴨の聲が、遠く近くきこえてくるやうな氣がする。

父の句の良し惡しは、私にはまるで分らない。私がこゝから汲みとるのは、たゞ、潟に近い郷里の貧しくも平和な姿許りである。


一九二五（大正一四）年に胃癌で亡くなった鉄三郎については、「月と父の憶ひ出」（『日本女性』一九三四年）という随想で詳しく書いている。病的に潔癖な一面、笑い顔を見られまいとする痩せ我慢、月夜の野原での出来事などが清澄な筆致で綴られた佳作で、高等学校の「現代文」の教科書（旺文社、二〇〇〇年）教材として採用されたりもした。

回想は続く。

私の郷里、秋田の五城目には守山といつて、小松や雑木の僅かばかりみえる俗にいふ坊主山があるけれど、この山の頂きからは八郎潟が手にとるやうに見える。子供の時分、私たちはよく山へ登つた。潟を見に行くのである。秋の晴れた日、潟は青く澄んで、眼に近ぢかとみえる。私たちは、そこに浮ぶ漁船を數へることも出來た。それから春のこの季節、潟は淡霞んで、紗をとほしたやうに、はてしなく縹渺としてみえる。時折り、きらりと湖面が光つて、私たちは、「鏡だ、鏡だ、」と歡聲を上げる。

「守山」は森山の古名と考えられる火守山（小野一二「大河兼任のなぞ（三）」、『広報ごじょうめ』第五三九号、一九八六年、参照）からきた表記か。津世子を創作に導いた次兄不二郎（一九〇二～八一年）のペンネームも守山不二郎だった。

不二郎は名古屋の同人誌『第一文学』にチェーホフの翻訳を載せたりしていたが、自身の文学への想いを捨てて津世子の作家活動を支えた。後に大和生命の五代目取締役社長となっている。

八郎伝説を懐かしむ

矢田津世子は、随想「春の湖」の後半で、母チエ（一八六九〜一九四四年）が語ってくれた八郎伝説を紹介している。

道端の溝の水を飲み干して龍になってしまった八郎が流した涙が湖となった、という潟の由来。潟の主となった八郎と、田沢湖の主である女龍・田つ子との恋。八郎が美男に姿を変えて田沢湖に向かう途中、秋田の定宿に一泊する習わしであったこと。そこの主人が禁を犯して八郎の正体を覗き見たために死んでしまい、宿の資産も瞬く間になくなった、という結末……。

この物語りの中には、いろいろな意味の戒めが籠められてゐるやうである。けれども、子供のころから耳馴染になつてゐるこの物語りは、八郎と田つ子の不變の愛情を語つてゐるやうで、稚い私の想ひには、遙かな愉しさであつた。

執筆当時、津世子が抱えていた恋愛の状況を辿ってみよう。一九三三（昭和八）年の文通から始まった坂口安吾との交際は、「実際にあるがまゝの彼を愛してゐるのではなくして、私が

勝手に想像し、つくりあげてゐる彼を愛してゐる」ことに気づき、「実物の彼に会ふと何らの感興もわかず、何らの愛情もそゝられぬ」（一九三六年三月五日付津世子メモ、全集未収録）故に、一九三六（昭和一一）年六月に終わった。

その直後には、常に励まし応援してくれていた大谷藤子（一九〇三～七七年）との友情の屈折があった。藤子の激しい恋愛感情を津世子が受け入れなかったのである。

さらに、幼馴染みの鷲谷武二との二か月間の交際と別離（一九三八年五月）や、弟のように可愛がっていた平田耕一の病死（同年一〇月）等が津世子の身辺に立て続けに起こった。実らぬ恋による疲弊が、八郎と田つ子の「不變の愛情」、そしてそれに憧憬を覚えていた少女時代の自分、を思い出させたのかもしれない。

この日頃、子供にかへつた心で、老母に「八郎の話」をせがんでみるけれど、筋の先きざきが分つてゐながらも、やはり釣られて聞きとれ《ママ》る。子供の頃には、宿の主人が屏風を覗くところで、ずゐぶん胸をドキドキさせたものだつたけれども、今は、その感動の滓さへもなくて、靜かな思ひには、郷里の姿ばかりが浮ぶ。殘雪を頂いた山山、往還の白い埃り、低い屋根、そして、淡霞んだ湖面が、浮んでくるのである。

三一歳の津世子が子供に戻りたがっている。母の「八郎の話」を聞きながら故郷の風景を思い描いている彼女の有様がどこか哀しく感じられるのは、成就しない恋愛や病への不安などの投影を見てしまうからだろうか。

体調不良の中で書いた代表作「茶粥の記」(『改造』一九四一年二月号)は、鈴木清子の良人《おっと》の忌明けの時点から書き起こされる。食通で知られた良人は区役所の戸籍係だったが、郷里の秋田師範を卒業して一日市《ひといち》(八郎潟町)の小学校に勤務した経歴を持っていた。清子と姑は、良人の遺骨を持って郷里の五城目に引き上げる。

作品は旅の途中で結ばれ、清子たちは五城目には到着しない。あたかも、生地を懐かしみつつ戻ることが叶わなかった作家の現実を暗示するかのように。

「茶粥の記」以降、津世子の体調は悪化の一途を辿る。そして、三年後の一九四四(昭和一九)年三月一四日、結核により三六歳で世を去った。

島木健作

大自然と風習に興味

農民運動に身を投じ、転向後に小説家となった島木健作（本名朝倉菊雄、一九〇三～四五年）は、一九三六（昭和一一）年八月を皮切りに、一九三八（昭和一三）年七月、八月、一九三九（昭和一四）年一一月、及び一九四〇（昭和一五）年初冬に秋田県を訪れている。その中で、八郎潟が深く関わるのは、一九三八（昭和一三）年の来秋である。

この年の五月（推定）七日、島木は、当時秋田魁新報社の記者だった大滝重直（一九一〇～九〇年）宛ての手紙に、「僕はこの夏は、七月から東北、北海道を歩くつもりです。」「貴兄にも會へると思つて樂しみにしてゐます。」（『新装版島木健作全集第一五巻』、国書刊行会、二〇〇三年）と書いている。

秋田到着は七月二八日前後。島木と大滝は、若い小学校教師K君の案内で、秋田市の高等小学校を見学した（「今日の小學校」、『文藝』、一九三八年一〇月号）。八月五日付川上喜久子（一九〇四～八五年）宛て書簡（前掲『新装版島木健作全集第一五巻』）に、八月三日まで秋田にいて、「八郎潟に船をうかべたり」したとある。さらに同月二六日付喜久子宛て書簡（同）には、青森市近郊の村にいる友人宅で過ごした後、秋田に戻り、男鹿半島の地主の家に二、三日滞在したとして、次のように記す。

そこの若主人と一緒に寒風山といふ美しい山にのぼり、山を下りてから人氣のない日本海岸で水を浴びて海邊をすぐ近く行く鯨の遊泳するさまに眼を見張つたりしました。

「若主人」とは、男鹿市男鹿中滝川住で後に男鹿市助役を務めることになる目黒邦之助である。

島木は、寒風山の山頂にあった「誓《ちかい》の御柱《みはしら》」に目を留めた。

これには五ケ條の御誓文が刻まれてゐる。私達が登つた時には、すでに多くのこの近住のものと見える女達が登つてゐて、この御柱の周圍にあつた。（「男鹿半島」、『文學界』、一九三八年一〇月号、引用は『新装版島木健作全集第一三巻』、より、以下同じ）

「誓の御柱」は、一九三〇（昭和五）年に男鹿琴湖《きんこ》会が五箇条の御誓文を男鹿文化の道標にしようと寒風山の山頂に建立した石碑。一九六四（昭和三九）年に回転展望台が建設された際、一段低い現在の位置に移された。二〇一四（平成二六）年に、市指定文化財となっている（寒風山回転展望台公式ホームページ参照）。

島木は、女たちが素麵《そうめん》の束を持参し、一把から数本ずつの麵を抜いて御柱に供え、残りをしまい込むの見て、興味をひかれる。持ち帰った素麵を食せば災難から逃れられるという「信仰」があることを後日知ったと、前掲「男鹿半島」に記している。

五里合（男鹿市）方面へと下りた島木たちは、「滝の頭」を経由して海岸に出た。

> 起き上つてふと見ると、岸から幾らも遠くない波間を、悠々として泳ぎゆく一個の巨大物がある。時々波間にかくれまたその黒い半身をあらはず《ママ》。悠然たるその姿に私達は驚異の眼を見張つた。疑ひもなく鯨である。鯨が去つてのちは私達は再びただ光る空と海とを眺めて言葉なく、時の經つのを忘れてゐた。

喜久子宛て書簡の叙述と比較してみる時、紀行というジャンルが存在する故を思い知る。実用的文章と文学的文章との懸隔が実感できる好例と言えよう。

さて、「男鹿半島」で直接触れられなかった八郎潟は、小説「人間の復活」の中で、十二分に描かれることになる。

湖の景に心象を重ね

「人間の復活」は、雑誌『婦人公論』の一九三九（昭和一四）年一月号から一九四〇（昭和一五）年一二月号まで全二四回にわたって掲載された。一九四〇年一月号までを前篇（一九四〇年五月）、それ以降を後篇（一九四一年一〇月）として、中央公論社から出版されている。

物語は、五年間の服役を終えたばかりの秋山健吉とその妻光恵を軸に展開する。健吉は、左翼運動のかどで一九二八（昭和三）年に検束され、一審の判決後に転向を声明して、一九三二（昭和七）年に仮釈放された島木の分身と考えてよい。健吉というネーミングもそれを暗示していよう。

自らを拒否し、萎縮し、「眼に見えぬ垣を自分の周圍に張りめぐらして行く」（引用は『新装版島木健作全集第七巻』、国書刊行会、二〇〇三年、より、以下同じ）健吉の苦悩を理解すればするほど、光恵は「どのやうな手を夫にさしのべるべきかがわからなくなる」のだった。

健吉は、自分の経験を「再吟味、再組織」することを通して「轉身」の必然性を探ろうとする。それを明らかにしなければ、「社會的人間として復活することはできぬ」と感じたのである。

少しずつ前向きな気持ちになり始めた健吉は、旅に出たいと思う。「郷愁とも旅愁ともつかぬ強い思ひ」の中に浮かんできたのは、「自分には親しいものである東北地方の自然や人や、そこの田舎に歸つて行つた友のこと」だった。この友が、秋田市の手前にある故郷に帰った佐伯である。ここまでが前篇。

後篇では、健吉の友人である画家の春木繁松と光恵の友人である作家の瀬川澄江の交際や、光恵の幼馴染みの村上大五が工場労働者たちと始めた合宿生活のことなどが描かれる。

一方、出版社で校正係を務めていた健吉は、「もう一度人々のなかへ行きたい。」と思うようになり、旧友や未知の人々と会うための旅をすることを決意する。

仕事を辞めて旅立った先は東北。学生生活を送った仙台、恩人が眠る石巻を経て、佐伯の家に着く。「秋田の新聞社」に勤めているという佐伯は、一九三八（昭和一三）年、即ち「人間の復活」を執筆し始めた年の七月に再会した大滝重直をモデルにした作中人物であろう。

健吉と佐伯は、ショッツル鍋を突きながら旧交を温める。佐伯の語る渡部斧松（一七九三〜

一八五六年)、石川理紀之助(一八四五〜一九一五年)、斎藤宇一郎(一八六六〜一九二六年)ら秋田の老農(体験と研究により高い技術を身につけた農業指導者)の話は、「今の健吉が心に求めてゐるものに通じるもの」があった。

別れる前の日、佐伯は健吉を八郎潟に連れて行く。そして、佐伯の知り合いである小学校教師桑島と三人で小舟に乗り込んだ。

湖の風景は單純だつた。すべての感じが淡彩畫のやうに淡かつた。對岸を見ても、遠く霞んでしまつてゐて見えぬといふ廣さがなければ、どこかそこらへんの池に泛んでゐるといふ氣しかしないだらう。西の方の空には今日午後から登らうといふ寒風山がやはらかな線を長く引いいて浮いてゐた。そしてその左方には男鹿の本山が。

淡々とした描写である。しかし、「轉身」の検証を通じて「社會的人間」としての復活を試み、ようやく「もう一度人々のなかへ行きたい。」という気持ちが生じつつある健吉にとっては、茫洋とした変哲もない風景こそが必要だったのではないか。あるいは、健吉の精神状態がこのような八郎潟を選び取った、と見るべきなのかもしれない。

湖畔の生活感を重視

「人間の復活」の終盤を読む。作者島木健作の分身である秋山健吉と、大滝重直と思しき佐伯、そしてその佐伯の知人桑島の三人を乗せた小舟は八郎潟を北上して行く。

鉄橋の下で、「ここらへんが一番深いんぢやないかと思ひますが。」という桑島の説明を、「そこらへんは水も青々として、水自身の厚みから自然に生れる波が立つて、橋の脚にざぶざぶぶつかつてゐた。」と地の文が受ける。

佐伯が手に付いた水を舐めて「鹽つ辛いなあ」と言い、それが海水が逆流してきているせいであること、しかし「素晴らしく廣い」ので行き渡らず、北に行くにしたがってしょっぱくなくなることを告げた。汽水湖としての八郎潟の広大さを、味覚によって表現しているのである。

桑島は、湖が浅いため「潟舟」の底は非常に浅くなっている、したがって強風に弱く、かつて五城目の小学生が乗った舟が転覆したことがあった、などと話しながら棹《さお》を操る。

やがて、水の色が赤錆色に濁ってきた。

物寂びた沼地の風景だつた。ふと岸の方を見ると、夏草が生ひ茂つたままに枯れてゐる草むらのなかに一軒の廢屋が立つてゐる。風雨に叩かれて屋根も抜けてしまつてゐるらしい。板壁に貼りつけてある文字によると、かつてこのやうなところにも鐵工所が建てられたのであつた。

廃墟と化した鉄工所は、この湖が生活の場でもあることを語っている。同時に、それに目を留める健吉の心の有り様も窺わせる。

寒風山が視野に入った時、健吉の心に変化が生じた。東京の村上、春木、瀬川らを思い出したのである。風景と心情とは明らかにシンクロナイズしているのだ。

午後、桑島と別れた健吉と佐伯は寒風山に登る。「船越から脇本へかけての海岸」「土崎の町」「能代の港」「八郎潟の西岸」「船川の港」「入道崎」……。全方位に広がる眺望を堪能した二人は、麓の「御商人宿」に泊まり、翌朝、土崎まで戻って、再会を約束しつつ別れた。

一人になった健吉は、能代、大館、弘前、金木（現五所川原市）を経由して旧友小杉のいる村に到着した。「所謂凶作地帯」である上、政争に明け暮れている故郷の村を更正させるべく奔走する小杉の家に三日滞在し、北海道の生まれ育った町に向かった。

夜の津軽海峡を渡る連絡船の中で、妻の光恵に手紙を書く。それには、心のしこりが溶け世界が広く温かくなってきたような気がすること、「東北の澄んだ空氣は、私の眼も鼻も口も皮膚も心も洗つたやうに生き生きとさせてくれた」こと、そして、「平凡な、人目には死ぬほど退屈にも見える道を、だまって、二十年、三十年、四十年と歩み通したのちにはじめてくる」であろう「自己見性」を理解してもらうつもりであること、が綴られていた。

物語は、この手紙とともに閉じられるのだが、見てきたように、八郎潟は作品のテーマに深く関わっている。ならば、紀行「男鹿半島」において八郎潟が取り上げられなかったのは「人間の復活」の構想があったからという考えも成り立つ。健吉を蘇生させ得る、単純でありきたりで生活臭のある八郎潟を、作家は温存していたかに見えるが、どうか。

「東北がやはり一番すきです。」（一九四一年一〇月一七日付今井清一宛て書簡）と言っていた島木は、敗戦の翌々日の一九四五（昭和二〇）年八月一七日、宿痾の肺結核により、鎌倉にて没する。四一歳だった。

伊藤永之介

活躍の中で湖に着目

『国文学解釈と鑑賞』（至文堂、一九三六～二〇一一年一〇月、現在休刊中）という学術雑誌があった。国文学に関わる研究者・学生にとっての必読誌であったばかりでなく、多くの高等学校の図書室や国語科の書架にも並んでいた。

二〇〇三年九月一五日、この伝統ある雑誌の別冊として『伊藤永之介／生誕百年／深い愛、静かな怒りのリアリズム』が発行された。編集・故分銅惇作氏、表紙撮影・佐々木久春氏、執筆者は、右の二氏に加え、大地進、故小野一二、佐藤康子、故千葉三郎、故分銅日香、北条常久、故松田解子、森田溥の各氏ら秋田の近代文学関係者が多数を占めた。伊藤永之介（本名栄之助、一九〇三～五九年）という作家と本県の縁の深さを窺い知ることができる。

秋田市の菓子屋の五男に生まれた永之介は、成長するに連れて文学に傾倒してゆく。一九二四

（大正一三）年一月、金子洋文を頼って上京、当初評論家として注目されたが、一九二七（昭和二）年に小説専念を決意する。一九三六（昭和一一）年九月、雑誌『小説』第一巻第七号に発表した「梟」が第四回芥川賞候補となり文壇における地歩を固めた。

続く『鴉』（版画荘、一九三八年）と「鶯」（『文藝春秋』同年六月号）が第七回芥川賞候補となり、〈鳥類もの〉（宇野浩二の命名）の作家として知られるようになる。「鶯」は、翌一九三九（昭和一四）年、第二回新潮社文芸賞を受賞し、東京発声より映画化もされた。

この勢いに乗って書かれたのが『湖畔の村』（新潮社、一九三九年）である。冒頭、北海道の松前へ稼ぎに行くことになった卯平が登場する。

年々魚が獲れなくなっていたが、前年は特に不漁であった上、凶作が重なった。さらに、一〇年掛かりで埋め立てて作った二反（一反は約九九二平方メートル）程の田を親方の藤原周兵衛に横取りされたため、ついに村を離れざるを得なくなったのだった。

湖の方からめり〳〵となにかが裂けるやうな音やきいんといふ鋭く空氣を斬るやうな響きがきこえて來た。巨大な足でどどつと足踏みするやうな音も合間にまじつてゐた。なにかわからないが、人を不安にする異様なけはひであつた。

出発前夜の右の状況に対して卯平が「おやあ、潟《かた》の氷流《すが》れるなあ」と言っていること、対岸まで「三、四里」あること、湖と海とが一〇町（一町は約一〇九メートル）足らずの陸地で隔てられていることなどから、舞台が八郎潟の畔《ほとり》であると推定される。湖の氷に亀裂が入り、それによりできた氷塊がぶつかり合う。恰も「無数の白い怪物が入り亂れて戰つてゐる」かのような一夜が明けると、オホーツク海の流氷を思わせる光景が広がっていた。

水が濁つて薄黒く見える湖面には、雪の深い時分にシベリヤからやつて來る白鳥がいちめんに浮んだやうに、粉々になつた氷塊がただよつてゐた。千切れ雲が低く飛んでゐたが、爽やかな朝の光りが、雪のまだらな湖畔から向う岸の方まで薄々と染めて、流れ漂ふ氷塊がときどききらつと眼に痛く光つた。

融けた氷が朝日を反射しながら流れゆく。これもまた、八郎潟の表情の一つなのである。

湖の将来を作中で予見

『湖畔の村』の作中人物卯平は、隣家の久米治の息子である久治を連れて、出稼ぎ先の北海道松前へと旅立つ。以下は、停車場に向かう車中からの光景だ。

　雪のまだらな田圃を一丁ほどへだてて帯のやうに横つてゐる湖は、陽が高くのぼるにつれて、からりと晴れた空と見分けがたい淺い色に變つてゐた。その模糊と煙つた水平線の靄を押し分けるやうに、まぶしく輝いてゐる時ならぬ白帆とも見えるのは、氷塊が幾重にもかさなつた座山《ざやま》であつた。

「白帆」は打瀬舟《うたせぶね》（干拓前の八郎潟でワカサギやシラウオを獲る底引き網漁に使われた舟）の帆であろう。とすれば、氷塊でできた「座山」は、高さ約一二メートルの帆柱に張った一〇〇畳分もある帆に見える程の巨大さであったということになる。

「座山」という単語は辞書等に載っていないが、『八郎潟の研究』（秋田県教育委員会、一九六五年）に、氷の八郎潟方言として「ジャグ」という語が挙げられ、潟に張り詰めた厚い氷が融けて割れ「〈ジャクジャグメガシテ〉岸に打ち寄せる、その擬音から成立した」とある。一方、『天王町誌／天王　自然と人のあゆみ―砂丘に生まれたまち―』（潟上市、二〇一〇年）には、強風によって岸辺に運ばれた氷片が山積みとなったものを「ジャ山」と呼んでいたとの記載がある。「高さは5メートルにも達した。」という。おそらく、「ジャグ山」から転じた「ジャ山」を永之介が「座山」と表記したのであろう。

卯平たちの乗った車は、「湖の西岸を一めぐりして、海に注ぐ湖口近い停車場」に着く。「三里半」の道のりであったとされているので、卯平の村は船越駅から約一四キロ北上した辺りにあったということになる。

半月後、久治からの初めての便りが届いたところから、久米治の周辺が語られるようになる。久米治らは、氷下漁（結氷を利用した漁）の不漁に加え、氷が消えた後の不漁にも泣いていた。漁業組合長の大川清助は、その理由を、漁業取締規則で禁じられていたにもかかわらず、湖と海の間に竹簀《す》を建てるようになった所為であると考えていた。

さらに、湖岸全域にわたる埋め立て計画があるらしいことも心配していた。産卵場所がなくなれば魚類は滅ぶ。埋め立て地から流れ込むであろう化学肥料も魚類にとって有害だ。

埋立による開田などといふ自然に反した計畫などは、その住民が何百何千年來それによつ

て生きて來たし、その血と肉とにとつて不可分のものである湖水そのものをそのものとして生かす漁業の開發といふことから見れば、全く木に竹をついだやうな無用なものとしか清助には考へられなかつた。

八郎潟干拓のための本格的な調査が実施されたのが一九四一（昭和一六）年であったことは前述したが、『湖畔の村』が執筆された一九三九（昭和一四）年の時点では、湖岸の埋め立て問題の方が深刻だったことがわかる。とは言え、「自然に反した計畫」であり、「湖水そのものをそのものとして生かす漁業の開發」ではない点は、埋め立ても干拓も同じだ。

右は、あくまでも作中人物である清助の考えである。では、その清助を設定し操っている書き手の意図はどうであったのか。

湖を巡る問題を提起

『湖畔の村』の後半、漁業組合長の大川清助は、漁業開発と張り切り網の竹簀撤廃の陳情のため県庁に赴く。ここで清助は「潟」を「八郎湖」と呼ぶが、商工水産課長は「ああ、八龍湖かね」と受け、以後「八龍湖」が使われる。永之介は、書き始めてから実名の使用を避けることにし、最初の「八郎湖」を修正しそびれたものと思われる。

一方、久米治は、佃煮工場を営んでいる周兵衛のところに魚を持ってゆくが、四貫（一五キロ）も少なく計算された。その旨を告げても取り合ってもらえない。

久米治たちは、曳《ひ》き網（岸や船に引き寄せて魚を獲る網）や建て網（魚の通り道を遮り袋状の網に追い込んで捕らえる定置網）を周兵衛からの借金で仕入れていた。また、ワカサギやシラウオは半日も保たないので、網から上げるとすぐに買い取ってもらわねばならなかった。弱い立場だったのである。

次に描かれるのは、出稼ぎに行った卯平の女房のフサエ。湖畔で田植えをしながら、最近便りをよこさなくなった夫へと想いを馳せていた。

突如「お母《が》あ――」という長男鶴治の叫び声が聞こえた。見ると、四つになる娘のヨシの乗った舟が流されていて、鶴治が腰まで水に浸かりながらその後を追っている。

濁つた水は、枯藻や木屑をうかべて、波立つてゐる沖の方にぐん〳〵流れてゐた。フサエは咄嗟に、昨日の雨で湖水の水嵩がぐつとふえてゐるのを知るといつしよに、そのとき

によつて流れの變る水が、フツホの岬の方に向つて烈しく流れてゐるのを見た。

やがて、鶴治は、「下から足をひつぱられたやうに」水中に没した。二町（約二一八メートル）くらい先までは浅いことを知っていたのが仇になった。いつもより水嵩が増していた上に、ところどころに深い場所があることを思い出す余裕もなかったのである。八郎潟にも危険はあったのだ。

さて、湖岸一帯の埋め立て計画について、作品の語り手は、「潟の魚は湖岸の人々の血であり肉であった。」として、次のように続ける。

> 潟魚《がたざかな》と稱する小味な八龍湖の淡水魚は、方數十里のこの地方の人々の生活を、どれだけかこまやかな愛情にみちた味はひぶかいものにして來たか知れなかつた。これは自然が人間に與へた惠みであつた。自然の與へた善なるものを踏みにじるものは天の怒りに觸れるだらう、とさへ清助は思つた。

清助の心中を描写するというスタンスは堅持されている。しかし、内言語をこれほど代弁されている作中人物はいない。のみならず、竹簀の撤去や湖岸の石油掘鑿《くつさく》に伴う石油流入等、重要な問題提起は、すべて清助によって為されている。清助の想いは、永之介のそれと重なると考えてよいだろう。

物語の終盤、百数十戸が焼ける火事が起きる。火元は卯平の家で、フサエが放火のかどで駐在所に連行された。不義が発覚したからとか鶴治の死を苦にしてとかいった噂が乱れ飛んだ。帰還した卯平が家の再建に取り掛かる。隣の久米治一家は十勝地方の農場に出稼ぎに行くことにした。清助と久米治の娘フミとの恋愛も仄《ほの》めかされていて、ハッピーエンドとは言えないまでも、救いの見出せる結びとなっている。

『湖畔の村』において、利権や開発を巡る動きに翻弄される半農半漁の人々の姿を克明に描いた永之介は、二〇年後、再び八郎潟をテーマとした小説の筆を執ることになる。

干拓問題を主題化

「消える湖」（『地上』第一二巻第一号〜第一二号、一九五八年）は、伊藤永之介最晩年の小説である。舞台は干拓問題に揺れる「八竜湖」。

『湖畔の村』の「八龍湖」を一字変えただけだが、「消える湖」の初回「氷下漁」に「見渡すかぎりの白一色の湖面のはて、西には男鹿《おが》半島の真山、本山、寒風山、東には太平山が、青白く冴《さ》えていた。」（引用は単行本『消える湖』、光風社、一九五九年、より、以下同じ）とあって、実在の地名が多用されていることがわかる。

ちなみに『湖畔の村』では、寒風山を「東風山」、太平山を「岩見山」、三倉鼻を「出鼻岳」、野石を「立石」、秋田を「久保」と称していた。地元秋田の読者だけが置き換えられるように仕掛けられていたのである。

二月半ばの湖で網をたぐり上げているのは、小学校の同級生である耕二と勇造だ。勇造は間もなく北海道の「増毛《ますけ》」に出稼ぎに行くことになっていた。耕二は、今年出稼ぎを見合わせた。八竜湖干拓事業への反対運動に身を投ずる決意を固めたからであった。

勇造は、「数年後には二町五反歩もの田地が、濡手《ぬれて》に粟《あわ》と自分のものになるという夢」を捨てきれなかった。耕二に、「まさか、潟を干すことに賛成なわけではないべな」と問われ、「漁師なら漁師のように、この大養魚池の八竜湖で、うんと魚が獲《と》れて、湖岸民が生活できるような方向に、動いた方がいいでないかな」と言われて頷くも、田地が欲しいという勇造の腹の中は動かなかった。

勇造のような本音と建て前が絡み合っている人物を冒頭に配したことからだけでも、地主対小作、資本家対労働者という二項対立、そして無産階級が常に正しく最後に勝利するという勧善懲悪の構図を旨とするプロレタリア文学とは一線を画する作品であるとわかる。

いよいよ網が上がった。

一面に、黒い藻草《もぐさ》のからまりついた網のなかに、金色のうろこの真鮒《まぶな》、白っぽい源五郎鮒、銀色のワカサギなどが、いっせいに跳ねおどった。

さっき耕二が腕をひろげてみせたほどではないが、二の腕ほどもあるナマズが一匹黒いヌラヌラした体を、ドロリとよこたえていた。

大漁だ。八郎潟の魚類漁獲量については、杉山秀樹『八郎潟・八郎湖の魚／干拓60年、何が起きたのか』(秋田魁新報社、二〇一九年)に、「一九五四年から激増し、一九五六年一三、九五二トンがピーク」という記載がある。大漁の場面は、干拓によって失われる漁業資源を強調する役割もあったかもしれないが、それ以前に、作品が執筆された一九五七(昭和三二)年における実態の描写に他ならなかったのだ。

勇造出立の日。駅のホームで彼は思う。

ああ、そこまで来ている春を、それらの親しい人たちと暮すことができたら、どんなにたのしいことだろう。水がぬるんで、風のやわらかい湖面に舟を出して、きびしい冬の姿からなごやかな表情にかえった四辺の山々をながめながら、弟や友だちと漁をしたら、どんなにたのしいことか。

実に慎ましやかな望みである。それが叶わないのは、三反歩（一反は約一〇アール）の田と、父のわずかな漁の収益では一家が生活できないからだ。干拓で得られるという二町（一町は約一ヘクタール）五反の土地のことに思い至った時、青森行き普通列車が到着した。発車した列車を追いかけてきて「勇造オー、元気でなあ」と叫ぶ若い男がいた。耕二であった。

干拓で分裂する住民

七日市町に政府の干拓期成事務所が置かれ、本格的な基礎調査が始まった。漁業者たちによる干拓反対同盟は大会を開くことにし、耕二と漁業組合書記の野村竹治は、若手の先鋒として奔走する。湖岸一帯にビラを貼って歩き、くたくたになった二人は、湖東温泉に向かった。

そこは、「湖沿いの鉄道で、ここから三つ目の駅から山沿いに入った」ところにある「湯が出てまだ三年にしかならない新温泉」（『消える湖』、光風社、一九五九年、以下同じ）とされているので、一九五二（昭和二七）年に石油採掘中の田から湧き出した森岳温泉（三種町）をイメージさせる。とすれば、耕二たちの町の駅は一日市駅（現八郎潟駅）、七日市町は一日市町（現八郎潟町）ということになろう。

二人は高級旅館の八竜荘に入る。そこには、干拓賛成派の中心人物である元代議士の松田伝兵衛と七日市町の町長や助役が来ていた。耕二は、伝兵衛が着々と勢力を拡大しつつあることを知って危機感を覚える。

干拓反対大会当日。演壇に立った耕二は、一大漁場である湖を潰してまで米を増産しなければならない理由がないこと、干拓はアメリカが出資している国際銀行からの借金によって実施され、使用する機械もそこから購入するという条件がついていることなどを訴えた。そこへ、賛成派の漁師たちがなだれこんできた。乱闘が始まり、大会は竜頭蛇尾の様相を呈して終了してしまう。

場面は朝の湖上に変わる。漁業組合長笠井国松の次女アヤが、竹治とともに、魚の入った網を引き上げるために湖心に向かう。「油のように凪いでいた」湖面では、小鴨が潜ったり出た

りしていた。
エンジンのひびきが、ハタと消えると同時に、湖面の静寂が一時に二人の身辺をとりまいた。
ここまで出ると、東の大神山も、西の男鹿山も、そのなだらかな全容を見せて、湖面は涯《はて》ないほどに、はるばるとひろがっている。

茫洋たる静謐に包まれながらの作業を終えての帰り、竹治はアヤに言い寄る。しかし、竹治と八竜荘の女中美也子との深い関係を知っていたアヤは応じない。

伝兵衛が画策した干拓推進青年同盟の発会式が始まった。様子を見に行った耕二は、北海道から戻ったばかりの勇造が、壇上で出稼ぎの実態と干拓の必要性について話すのを聞いて、「足もとが崩れて行くいやな思い」を味わう。

耕二が国松に発会式のことを報告しているところに私服刑事がやって来る。国松が任意出頭に応じると、漁船保険金三二万円横領の嫌疑がかけられていた。漁業組合書記の竹治が県の水産課の保険係とグルになってやった横領だったのだが、警察の方針は、組合長である国松の責任を追及するというものだった。

町から一里ほど北の湖岸の丘にパッと桜が咲き出した。それは海のようにはてしなくひろがった単調な色どりの湖に、少女の頭髪にかざったリボンのような風情を添えていた。

この「丘」は、三倉鼻（八郎潟町）を指すと見てよい。「リボン」という外来語に違和感が残るものの、三倉鼻の桜を印象的に表現した比喩である。

開花直後のある日、八竜湖を視察にやって来た農林大臣の一行が停車場に到着した。そこで事件が起きる。

消えゆく湖を見つめ

干拓に期待する町民たちの歓迎を受けた大臣が工事への協力を呼びかけた時、「干拓絶対反対」「八竜湖を守れ」というプラカードを持った漁師たちが突進してきた。すかさず現れた警官隊によってデモは制圧され、多数の漁師たちが検束される。

騒ぎは、組合を裏切って干拓推進派の伝兵衛の手先になった竹治の煽動によるものだった。漁船保険金横領事件を仕組んだのも伝兵衛で、どちらも反対運動を封じ込めるための計略だったのだ。

夏。湖畔はかつてない豊漁に活気づいていた。耕二たちは、八キロ程の沖合で船のエンジンを切り、夕闇が迫る中で袖網（魚群を袋状の網に誘導するための網）を下ろしてゆく。

> しずかな暗い湖面を、タタ、タタ、タタと歯切れのいい爆音をたてて、競《せ》り合うように真っしぐらに走っていた二つの発動機船は、やがて互いに寄り合って、ピタリととまった。
> 網上げが始まった。
> 九十間の袖網を、ゴム前垂《まえだれ》の男たちは、力まかせにグイグイと手繰って行った。

漁の経験のない永之介が右のような場面を書くことができたのは、五城目町の故小野一二《かつじ》氏（一九二八〜二〇一三年）の協力があったからだった。師事していた永之介に八郎潟の漁法に関する調査を頼まれた小野氏は、一日市漁業協同組合に取材しては図入りで報告したという（「速達往来」、『伊藤永之介を偲ぶ』、一九八九年、参照）。

大量のワカサギを佃煮工場に運び込んだ耕二たちは、操業縮小のため魚の受け入れを最小限にするという八竜湖加工協同組合の張り紙を見て呆然とする。幾ら大漁でも買い取ってもらえなければ収入にはならない。耕二は、干拓反対運動の敗北を認めざるを得なかった。

秋が来た。湖東温泉八竜荘の奥の間で漁業補償の陳情に行った伝兵衛の報告会が開催され、干拓工事が「明年四月」に着手されること、補償の全額が三四億円であることなどが告げられた。

その夜、八竜荘を辞めて「みずうみ」というバーをやっていた美也子が扼殺《やくさつ》される。伝兵衛に見捨てられた竹治が、美也子と伝兵衛の仲を疑ってことに及んだのだった。

他方、耕二は、漁業組合長の国松から、干拓反対に見切りをつけるほかないと言われた上で、干拓建設青年隊の隊長になってほしいという伝兵衛の意向を伝えられる。顔を「かすかによこに振っ」て「オレのようなものには――」と応じる耕二の曖昧な態度をどう解釈すべきか。

単行本『消える湖』の後記の中で、永之介は「元来、八郎潟の干拓には反対であった」が、一大養魚池にできないならば「干拓して農地を造成することも結構であろう。」と述べている。その想いが主人公の耕二に投影されているのだ。

干拓後の美田を耕す入植者たちが「曾てここで漁業をしていた自分等の親、兄弟、知己たちは、こういう気持で生きていたのかと回想することだろう。」とも言う永之介に、干拓の是非を問う意図はない。

数十年後の姿に思いを馳せながら消えゆく八郎潟を描いた永之介は、『消える湖』刊行五か月後の一九五九（昭和三四）年七月二六日、脳溢血により五五年余の生涯を閉じた。

松田解子

習俗を文学的に表現

伊藤永之介は、一九二八（昭和三）年六月に「見えない鉱山」（『文芸戦線』第五巻第六号）という小説を書いている。執筆の背景には、一九二四（大正一三）年夏の荒川鉱山（現大仙市協和荒川）の見学があったのだが、その時の案内役の中に、地元出身で秋田県女子師範学校（現秋田大学教育文化学部）を出たばかりの松田解子（本名大沼ハナ、一九〇五～二〇〇四年）がいた。

その後、解子は、一九二六（大正一五）年三月から東京で暮らし始めるが、戦時下の一九四一（昭和一六）年の六月に、船越駅近くにあった妹高橋キヨの鉄道官舎宅に身を寄せている。翌月には南秋田郡船越町（現男鹿市）の桜庭岩松宅に寄寓して小説「朝の霧」を書いた（江崎淳編『松田解子年譜』、光陽出版社、二〇一九年、参照）。

創風社版『松田解子短篇集』（一九八九年）の「あとがき」によれば、「秋田県八郎潟の半農半漁の家に一時逗留、家人に教えられつつ田にも入り、潟にも出かけて取材、執筆したもの」だった。一九四五（昭和二〇）年五月二四日の東京空襲ですべての資料を失ったため解子にも初出が判らず、一九四二（昭和一七）年九月二〇日発行の短篇集『朝の霧』（古明地書店）に収録される以前の発表・収録状況は不明である。

冒頭部を読む。

> 陽暦六月の空が、うすあからんだ色を帯びて乳のような濃さを持った雲叢に覆われ、この空の下にひらけた男鹿《おが》平野の稲田は今、一番草をとりおえたばかりの瑞《みず》々しい浅緑をたたえて、遠く八郎潟のあたり、そして寒風山の麓のあたりへかけて、盆のような輪郭を見せて打ちひろごっている。（前掲『松田解子短篇集』、以下同じ）

一文中に、空、稲田、湖、山をすべて取り込んだダイナミックな描写である。この地には、往時から半農半漁の人々が暮らしていた。

いい秋田米ができ、潟《かた》からも、潟《かた》つづきの日本海からも魚がたくさんとれたので、暮しむ

きもわるくなかったところへ、いち早く男鹿半島のあちらの港町へ通じる鉄道が、ここをとおして敷かれてから、町になったのであった。

「ここ」に、船川港に至る鉄道が開通して発展した船越、という固有名詞を代入することができよう。

その日は、「五月飯《さつきめし》」の催し（寺に集まって、お経を読み、田植えの終了を祝う行事）があった。女たち（戦時下につき男たちはいない）は、馬や馬耕つかいに扮して田植え作業を再現する。

「五月飯」については、菅江真澄も日記「小鹿《おが》の鈴風《すずかぜ》」（一八一〇年五〜六月）に次のように書き記している。各家で小豆《あずき》飯を炊き、煮染めを作り、濁酒を携えて寺に行く。位牌や墓に手向けた後、「飲み、唄ひ、舞して阿那手伸《アナタノシ》と、ひねもすあそびて」帰る——。

解子の説明はより詳しい。

飯《まま》は例によって小豆飯《あずきまま》、秋田米の陸羽百三十二号の二等米が主で、一粒ずつが真珠のようにひかっているのへ、小豆の赤味がほんのり溶け、むせるような湯気がのぼっている。それへ賽の目の豆腐汁、ゴボウと小蕪《かぶ》の煮《に》付け、しどけ、じゅんさい、大根おろしの取り合わせの浸しに、もう一つがこの地方特有のあさづけというので、米の粉を三杯酢でとろり

と煮流したのへ、果物代りの人参が刻みこまれている。

「ほんのり溶け」「むせるような湯気」「とろりと煮流した」といった用語によって、小説の表現となっているのである。

作中人物へ自己を投影

「朝の霧」の中心人物であるおサトは、「五月飯《さつきめし》」の催しで、田植え歌を歌いながら過去を振り返る。

十《とう》の年から田へ入った。十六の年には人恋いそめたのだ。相手は八郎潟と日本海を股にかけて漁《いさ》りする十九の若者であった。若者は湖畔づたいに海へつづく松林のはずれの、はまなすの花の咲きむれる砂地で最初おサトを抱いたが、ともかく若者の唇は、はまなすの花のそばで逢っても野薔薇の根もとで逢っても、小鰺《こあじ》やしろめ（潟魚）の匂いがした。

「しろめ」は、ボラの成魚を指す方言。潮騒、砂の感触、日焼けした素肌などは、都会とは違う恋愛の様式があったことを伝える。

二人は結ばれた。が、おサトが二七歳の秋、夫の三太郎は「ひと船千両、今度こそだぞおサト、待ってろ」と言い残したまま水死してしまう。その年の内に貰った養女が、目の前で農馬の役を演じているおキチなのだった。

「五月飯」が済んで六日目、おサトは藁《わら》打ちの最中に眠るようにして七一年の生涯を終える。

木の皮か土のように、――いや、若さ半ばに我から血を冷まして、女でもなくなり、人間でもなくなり、馬にも牛にも身も心も似せてただ働く一方に働いたおサト婆のそのむくろは、やはり今は、木の皮か土のようにおキチの熱すぎる頬の血を、なま冷たく吸いとるのであった。

一九三九（昭和一四）年から一九四一（昭和一六）年にかけて、解子は、夫の大沼渉及び子供たちと別居し、若い男との恋愛に走った。その顛末を作品化したのが長編『女の見た夢』（興亜文化協会、一九四一年）なのだが、「朝の霧」にも事件の投影が認められる。「若さ半ばに我から血を冷まして、女でもなくなり、人間でもなくな」ったおサトを、現実の解子の陰画

と見ることができるからだ。

晩年、解子は、「その男も大沼もけりをつけたいくらい」と言いながらも、「やっぱり大沼の方がよかった」ので「頭下げすぎるくらい下げて」復縁した、と述懐している（『松田解子白寿の行路―生きて　たたかって　愛して　書いて―』、本の泉社、二〇〇四年、参照）。

言論統制厳しき戦時下であるため、露骨な社会批判は為されていない。しかし、女であることの宿命や貧しさについての問題意識は潜在しているし、弱者への深い共感というこの作家の最大の特質は顕在している。

なお、本作については、「協和の鉱山と松田解子文学を伝える会」の今野智氏が、「松田解子／小説「朝の霧」の舞台／船越を訪ねて」（『会報四五号』、二〇二〇年）において、執筆当時と現在の様子を照合している。参照されたい。

逃避行の場として滞在した八郎潟湖畔。そこに生きる女性の姿に自らの人生と思想とを織り込んだ「朝の霧」は、『ふるさと文学館　第六巻【秋田】』（ぎょうせい、一九九五年）や『乳を売る・朝の霧　松田解子作品集』（講談社、二〇〇五年）に再録されている。『おりん口伝』（正『文化評論』一九六六年、続『民主文学』一九六七年）と並ぶ解子の代表作の一つとなったと言えるだろう。

二〇〇四年一二月二六日、解子は九九歳で亡くなった。その六日後に届いた彼女からの年賀状を読み、命尽きるその時まで現役作家であり続けたのだ、と思ったことだった。

菊岡久利

少年期の記憶を胸に

詩人・劇作家・小説家・画家等、多彩な顔を持つ菊岡久利《くり》（本名高木陸奥男《みちのくお》、一九〇九～七〇年）は、青森県弘前市の出身である。父壽造の仕事の関係で秋田市楢山に転居し、一九一五（大正四）年に築山尋常小学校（現築山小学校）に入学した。その後、八郎潟湖畔の一日市尋常小学校（現八郎潟小学校）に転校。三年生の時、大川尋常小学校（現五城目小学校）に移り、卒業まで在籍した。

一九二一（大正一〇）年、上京。海城中学校に進学したが、拳銃所持が発覚したため三年で退学、秋田に戻る。

一九二七（昭和二）年、再び上京し、社会主義運動家の石川三四郎（一八七六～一九五六年）の食客となる。アナーキズム（一切の政治権力を否定し自由な個人の自由的結合による社会を目指す思想）運動に身を投じる一方、一九三二（昭和七）年から横光利一（一八九八〜一九四七年）に師事した。菊岡久利という筆名は、横光から与えられたものである。

一九四〇（昭和一五）年に発表した「野鴨は野鴨」（『野鴨は野鴨』、三笠書房、所収）は、八郎潟での少年時代に材を取った児童劇。時は「現代（昭和十五年頃）」、所は「八郎潟に注ぐ馬場目川《ばゝのめがは》河口の貧しき村とその対岸の村」（『ふるさと文学館　第六巻【秋田】』（ぎょうせい、一九九五年、以下同じ）で、「遠くに森山といふ小山見ゆ。」と、ト書きにある。

僕がまだ北海道へ奉公に行く前、この樹のてっぺんまで登ったことがあったっけ。てっぺんからは潟が見えた。潟はお日様が反射して、ギラギラ光ってたもんだ。潟はみどりだけど、でもお日様で光ってる時の潟は――あゝ、こんな時に銀の色を使へばいゝんだ。

右は、大川村（現五城目町）に戻って来た主人公青木少年が、大地主の娘順子から二四色のクレヨンを貰った後の台詞である。子供の感性による八郎潟の描写が新鮮だ。

春になり、同級生たちは秋田市の中学校や五城目町の高等科に進学してゆく。村に残った青木少年は、自らを野鴨に喩える。

野鴨はいつまでも、いつまでも、八郎潟のへりにゐて、冬中の吹雪と闘ったり、暖《ママ》たかい、暖《ママ》たかい、こんな春のお日様を浴びながら、仲良くみんなで、魚を獲って食へばいゝでねえか。

生まれ故郷で生きることの寂しさと安らかさを自身に言い聞かせた少年は、手帳に記された詩を読む。それは、潟の春景と野鴨の卵の温かい手触りを詠んだ後で、「軽い泣きたいやうな生きもの〻重み！」と結ばれていた。軽く、しかし限りなく重い野鴨の卵は、少年の自意識の形象に他ならない。

青木少年のところに、対立していた一日市村（現八郎潟町）の大次郎がやって来て、「手えつないでいくべえ。」と提案し、和解した二人が「働《ママ》らくど」と言い交わしたところで幕が下りる。

八郎潟に育まれて成長する子供たちの日々を生き生きと描いたこの戯曲は、横光をして『野鴨は野鴨』のやうな文学は子供を特に愛する人でなければ書けない」（『野鴨は野鴨』序文）と言わしめた。

以後の菊岡は、第二一回直木賞候補となる「怖るべき子供たち」（『文藝讀物』一九四八年一一月号、一九四九年五月号）等の文学作品を発表する一方、棟方志功との二人展（新潟市雪国画廊、一九五二年）を開催するなど、多方面にわたって活躍した。

一九七〇（昭和四五）年四月二二日、糖尿病による心筋梗塞のため死去。六日後の葬儀では、川端康成が委員長を務め、武者小路実篤が弔辞を述べた。

斎藤茂吉

雨にけぶる湖に遊ぶ

最も著名な近代歌人の一人である斎藤茂吉（一八八二～一九五三年）は、太平洋戦争中、生まれ故郷の山形県上山市に疎開していた。終戦後の一九四六（昭和二一）年の二月一日から翌年一一月三日までは、同県北村山郡大石田町にあった二藤部兵右衛門家の離れに「聴禽書屋《ちょうきんしょおく》」と命名して住んだ。

一九四七（昭和二二）年六月一三日、茂吉は、秋田魁新報社主催の全県短歌大会に出席するため秋田に向かった。午後七時半に横手に着き、片野重脩《しげなが》（一八九一～一九七八年）宅に落ち着く。片野は横手町長、県議会議長、衆議院議員等を務めた人物で、茂吉は「百穂宅ニテ屢ミタル舊知」の「有名ナ人」と日記（『齋藤茂吉全集第三一巻』、岩波書店、一九七五年）に書いている。

次の日は、横手の町を散策してから、午後四時半の汽車に乗り、六時に秋田市に着いた。開業したばかりの「旅館榮太楼」に宿をとる。

六月一五日の歌会では、午前中、秋田魁新報社の講堂で「短歌の話」という講演をし、午後は選歌と歌評を行った。この時の茂吉の様子を、同社の記者で歌人の石田玲水（一九〇八～七九年）は、「白髪まじりの頭、短いあご髭、柔和な瞳、足にはゴムのダルマ靴」の「誰にでも親しまれる、やさしそうな好々爺」と記している（『八郎潟風土記』、叢社、一九五六年、参照）。

翌一六日は、茂吉のかねてからの希望で八郎潟へ。あいにくの雨の中、茂吉、結城哀草果《あいそうか》（本名光三郎、一八九三～一九七四年）、武塙祐吉（号三山、一八八九～一九六四年）秋田魁新報社社長らは自動車で移動した。

玲水と画家の舘岡栗山《りつざん》（本名豊治、一八九七～一九七八年）らは、馬場目川沿いの小柳鋭一宅で待機していた。玲水は八郎潟町一日市、栗山は五城目町高崎の生まれであるから、案内役という意味もあっての同行であろう。

午前一一時一〇分、茂吉らが到着する。一行一二人は、雨を防ぐために屋根をかけた二艘《そう》の舟に分乗し、馬場目川を下って湖に出た。

茂吉は、初めて大湖と対面した感想を次のように詠む。

年老いて吾來《われきた》りけりふかぶかと八郎潟に梅雨《つゆ》の降るころ

(『齋藤茂吉全集第三六巻』、岩波書店、一九七四年、歌については以下同じ)

生きているうちに訪れることができた喜びを詠嘆の助動詞「けり」で表現し、降雨の状況を「ふかぶかと」と形容することで湖の果てしなさを伝える。

また、「こゝにしてひむがし北に見がほしき寒風山《カンプウサン》は雨にこもれり、ソノ奥ニ眞山本山見ゆるわけである」(『齋藤茂吉全集第二八巻』、岩波書店、一九七四年)という手帳のメモは、

ひといろにさみだれの降る奥《おく》にして男鹿《おが》の山々こもりけるかも

と作品化された。目に見える雨を上の句に、見えない山々を下の句に配置し、愛惜の念を際立たせていることがわかる。

雨の歌は他にもある。

陸《くが》も湖《うみ》もひといろになりてさみだるるこのしづかさを語りあひける

時惜しみてわれ等が舟は梅雨《ばいう》ふる八郎潟を漕ぎたみゆくも

しかすがに心おほどかになりゐたり八郎潟の六月《ろくぐわつ》の雨

「たみ」は回る、「しかすがに」はそうは言うものの、「おほどか」はおおらか、の意。三首とも、悪天を逆手にとって見事である。

湖の幸を味わい歌う

斎藤茂吉の八郎潟舟遊は続く。湖上で、武塙祐吉秋田魁新報社社長の目にゴミが入った。苦しんでいると、茂吉が難なく取り除いてくれた。武塙社長は、茂吉が医師であることを忘れていたと、「雨の八郎潟遊記＝茂吉先生を案内して＝」（絵／舘岡栗山、『月刊さきがけ』第三巻第七号、一九四七年七月一日）に書いている。

やがて、シラウオを獲る網が設置されている所に着く。踊り食いをして、一首。

白魚《しらうを》の生けるがままを善《よ》し善《よ》しと食ひつつゐたり手づかみにして

「手づかみにして」を後に回すことで、逸《はや》る気持ちが強調される。茂吉は、周囲の眺めと調和する「八郎潟の本当の味」（前掲「雨の八郎潟遊記」）を堪能した。
三倉鼻（八郎潟町）で舟を降りる。六月中旬とは言え、遮るもののない湖上の風と雨は冷たかったのであろう。次のように詠んでいる。

三倉鼻に上陸すれば暖し野のすかんぽも皆丈たかく

一行は路傍の料亭に入り、今さっき自分たちが舟で獲ったシラウオの刺身とフナやワカサギの醤油煮の昼食をとる。肋膜炎を患って以来断酒していた茂吉だったが、秋田の料理と酒はうまいというので、「新政」の杯を重ねた。
三倉鼻頂上付近に立った時、漸く雨は上がり青空が見えた。

あまのはらうつろふ雲にまじはりて寒風《さむかぜ》のやま眞山本山

大空の変化する雲の中に、男鹿の山々の姿が浮かぶ。手帳には「眞山本山（寒風山ノカゲ）」（『齋藤茂吉全集第二八巻』、岩波書店、一九七四年）と書き留めているが、見えてきた（近い）順に並べ、山の名をすべて訓読みにして下の句の音数を七七としている。

眼下に、ここまで乗ってきた舟が帰って行くのが見えた。

追風《おひかぜ》にややかたむきて行く舟を高きに見れば戀《こほ》しきに似たり

尽きぬ名残を恋情に見立てた茂吉は、次の二首をもって八郎潟を後にする。

あかあかと開《ひら》けはじむる西ぞらに男鹿半島の低山《ひくやま》うかぶ

水平に接するところ明《あか》くなりけふの夜空《よぞら》に星見えむかも

武塙社長に八郎潟の趣について問われた茂吉は、「ぼうばくとして一寸とらえ難いが、想をねるといいものがまとまる」（前掲「雨の八郎潟遊記」）と答えている。本書で取り上げた一一首を含む二九首を詠み、「八郎潟　六月十六日」として歌集『白き山』（岩波書店、一九四九

年）に収めていることから、少なくとも、歌人にとって意味のある作品群を得られたと判断できよう。

茂吉は、翌六月一七日に秋田市でアララギ歌会に臨んだ後、角館（現仙北市）に赴く。一八日に平福百穂（一八七七〜一九三三年）の、一九日に小田野直武（一七四九〜八〇年）の墓に参って、二〇日に山形の大石田に戻った。

その後も歌集等の出版を続け、一九五一（昭和二六）年には文化勲章を授与された。そして、八郎潟訪問から五年八か月後の一九五三（昭和二八）年二月二五日、心臓喘息のため世を去る。享年七〇年九か月であった。

水原秋桜子

鮮やかな景色に驚く

水原秋桜子（本名豊、一八九二～一九八一年）は、『馬酔木《あしび》』（一九二八年創刊）を主宰して文語定型の新興俳句を推進した俳人である。〈啄木鳥や落葉をいそぐ牧の木々〉〈蟇ないて唐招提寺春いづこ〉等をご記憶の方もおられよう。

秋田へは、一九五三（昭和二八）年の六月に、秋田俳句懇話会の招きで来ている。発端は、門下の児玉小秋（本名栄一郎、一八九七～一九七五年）からの誘いであった。天王町（現潟上市）出身の小秋は、国立秋田病院長、秋田県衛生研究所（現健康環境センター）所長等を歴任、『秋田魁新報』の俳句選者も務めた人物だ。

秋桜子は、六月一八日夜、上野発の寝台車に乗った。翌朝、寝台車切り離しのため仙台で乗り換えて、平泉駅で下車。毛越寺、中尊寺を見て黒沢尻駅（翌年北上駅と改称）へ。横黒《おうこく》線

（現北上線）で横手駅まで行き、再び乗り換えて、夕焼けが広がる中、秋田駅到着。自動車で「栄太楼旅館」に向かった。

「新築であり、而も静かなよい宿」（『十二橋の紫陽花』、読売新聞社、一九五四年、以下同じ）の洋間には、〈大き聖いまし〻山ゆ流れ来る水ゆたかにて心たぬしも〉という斎藤茂吉の歌が書かれた金の色紙が掛かっていた。一九四七（昭和二二）年に茂吉が来秋し「旅館榮太楼」に泊まっているが、その際の揮毫《きごう》であろう。

二〇日は、秋田俳句懇話会の主催で男鹿半島の吟行が行われた。秋桜子は、流派を超えて吟行・俳句大会・病院慰問を行っている秋田の状況について、「東京などでは見られぬ親睦さに感心させられた。」と記している。

一行約五〇人は、好天の中をバスで北上する。八竜橋で一旦降車し、橋の上を歩いた。

> たゞ、八郎潟といふと、さぞ荒涼たる風景だらうと想像してゐたのだが、案外色彩が潤沢で、景も詠みやすく引き緊つてゐるやうに思はれた。尤もいまは梅雨季で、葦が生ひ茂つてゐるためかも知れない。

八郎潟と聞いて「荒涼たる風景」を思い描くことが一般的だったのか、秋桜子の個人的先入観に過ぎなかったのか、気になるところだ。
門前（男鹿市）で道は途絶え、一行は船で半島を巡る。戸賀（同）で先回りしていたバスに乗り、八望台へ。津軽の山々、八郎潟、鳥海山、一ノ目潟、二ノ目潟の眺めを愉しんだ。
帰路、八竜橋に戻って来ると、地元の俳人たちが舟を用意して待っていた。潟の風景を見てゆくように、という勧めに従って、舟に乗り込む。

海寄りの方には大きな魞が立ち並び、その竹の上に魚をねらふ青鷺がとまつてゐる。これは恰度琵琶湖の安土あたりの入江のやうだ。それと反対の側は一面の葦の洲で、はるかの果に四五軒の漁家の屋根が見えるさまなど、関東の潮来に似たところがある。

「魞」（えり）は、竹の簀で魚が出られないようにした漁具。秋桜子は、琵琶湖と潮来（茨城県）を想起しつつ、次の二句（『帰心』、琅玕洞、一九五四年）を得た。

葭切や湖の早瀬に一漁村

青鷺の執着や魞も夕焼けたり

翌日は、秋田市にある児童会館の俳句大会に出席し、午後は勝平得之（一九〇四〜七一年）の版画工房を見学している。翌二二日、始発列車に乗って山形へと去って行った。

その後、秋桜子は、俳人協会会長を務め、高浜虚子亡き後の俳壇を支えた。一九八一（昭和五六）年七月一七日、心不全により没。

今野賢三

小作争議の実態記す

一九二一（大正一〇）年二月二五日、秋田市土崎で雑誌『種蒔く人』が創刊された。土崎生まれの今野賢三（本名賢蔵、一八九三〜一九六九年）は、創刊に関わり、第二年第二巻第九号（一九二二年六月）からは編集・印刷・発行のすべてを担った中心的同人の一人である。

八郎潟についての言及は、『秋田県労農運動史』（同刊行会、一九五四年）に認められる。まず、前篇「労働運動篇」では、フランス帰りの小牧近江を一日市（八郎潟町）の有志が三倉鼻（同）に招いたことについて述べる。

一日市の青年たちや、町の有力者が、小舟に分乗して、馬場目川を下り、八郎湖にでて「三倉鼻」に上陸し、または自転車にのつてかけつけたりして、ここで「赤光会」の発会

式をあげたといわれる《ママ》

続けて、集まった人々は小牧や畠山松治郎が左翼思想を学んでいたことを全く知らず、村長や有力者たちも参加していた旨を、風刺を利かせて書く。

後篇「農民運動篇」では、一九二五（大正一四）年一一月一七日に成立した一日市の小作人組合について詳述。一日市の耕作田地の三分の二以上が不在地主の所有であること、耕地整理によって地価が上がると不在地主が小作料をせり上げて小作人を苦しめていたこと、等が背景にあったと解説する。

そして、組合を組織する運動が成功したのは、「頭脳だけの社会主義者ではなく、もつとも地に足のついた農民運動者としての将来を約束された有数な人物」である松治郎が中心となって指導したからだ、という見解を示した。

小作争議についても克明に記録している。一九二六（大正一五）年以来、一日市ではしばしば争議が起きていた。一九二七（昭和二）年、小作人組合は小作料の減免を要求するが、地主側との折り合いはつかない。

一九二八（昭和三）年四月一〇日、地主側が小作契約解除と前年度分小作料請求訴訟に踏み切る。町会は町有開墾地の小作料未納者に対する強制執行を決議、係争田地に立ち入り禁止の立て札が立てられた。

組合の小作人たちはこの立札を見てますます斗争精神をもやし、あくまでも勝たずにおられぬという結束を固め、あるいは示威運動、あるいは演説会等によって一日市には不安な殺気だつた気分がみなぎるようになつてきた。

この事態は、金子洋文「赤い湖」では「小さい一枚の立入禁止の立札が、百姓の心臓をつらぬくように田につきさゝれた。」と描かれ、裁判が進むほどに小作側が不利になっていったことが組合の決起を促す、という構図になっていた。

しかし、『秋田県労農運動史』は、秋田区裁判所の後藤判事による不眠不休の調停によって辛うじて和解に至ったと伝える。今野の綿密な取材と調査が、盟友洋文の代表作の創作部分を明らかにする結果をもたらしたのだ。

今野は、一九六九（昭和四四）年一〇月一八日、静岡県沼津市の国立東静病院（現静岡医療センター）で大動脈閉鎖不全と大腸潰瘍により死去した。活動弁士として活躍し、直木賞候補作『黎明に戦ふ』（春秋社、一九三六年一〇月）を書き、国政に挑戦（一九四六年、落選）したりもした、波乱に富んだ七六年二か月の人生だった。

三好達治

冷淡な態度が詩で一変

「あはれ花びらながれ／をみなごに花びらながれ」で始まる「甃のうへ」（『青空』一九二六年七月号）や、「太郎を眠らせ、太郎の屋根に雪ふりつむ。／次郎を眠らせ、次郎の屋根に雪ふりつむ。」と詠《うた》った「雪」（『青空』一九二七年三月号）で詩壇に登場した三好達治（一九〇〇～六四年）は、これらを収めた第一詩集『測量船』（第一書房、一九三〇年）で名声を確立した。その後、堀辰雄（一九〇四～五三年）らと『四季』を創刊（一九三四年）し、『四季』派の主流を形成する。

第二次世界大戦後は、敗戦後の文化や人情の退廃を描いた代表詩集『駱駝の瘤にまたがって』（創元社、一九五二年）を刊行、日本芸術院賞を受賞（一九五三年）した。

一九五四（昭和二九）年一〇月二二日、達治は、角館中学校の校歌を作詞するために角館町

（現仙北市）を訪れた（完成は一九五六年三月二三日）。その翌年の一九五五（昭和三〇）年一一月半ばに、再び秋田にやって来る。翌年『新潮』に連載する予定の紀行文「月の十日」執筆のためだった。

「月の十日」（『三好達治全集第八巻』、筑摩書房、一九七六年）によると、目的地は男鹿半島だったのだが、「ついでに琴湖八郎潟の水邊をぶらぶら歩いてみるのもよからうと考へ」た、という。

着いてみると、八郎潟はただ廣いばかりののつぺら坊の水溜りで、假りにもし佳人を擁して船を泛べてみたところでいつかうに風流げのなささうな眺望であつた。季節が季節とて薄暗くもあつた。

そもそもが「ついで」の訪問だったからかもしれないが、何の感興も湧かなかったようである。

達治は、干拓計画に触れ、「十年ばかりの後には姿を消すだらうといふのは、幸ひにして少しも悩むにあたらなく考へられた。」と断ずる。八郎潟に対するこれほど冷淡な態度は他に例を見ないが、詩人の目にそう映った事実は事実だ。辛うじて、次のような長閑《のどか》な光景が書き留

められているばかりである。

ただし、かねて聞き及んでゐた大規模な干拓事業の、着手されさうな氣配はまだどこにも見えず、至極平穏、白魚でも漁る小舟か、しづかに湖面を漕ぎ去るのが二三見られた。

ところが豈《あに》図らんや、達治は「八郎潟」と題する次のような詩を作っている。

水を渡りまた水を渡り／行き行き重ねて行き行く／彼方　草枯れし寒風山　山ひれふして
／空の暗きに　ぬれ羽うち／野の鳥の羽うつとはいへ　歸思なし／その空に　虹たちぬ
二つ環の虹／山低かりき　面《おもて》ふせひれ伏して／姿よき　片しぐれすらしも　今は／日ぐれ
波　ただひろら　八郎潟（『三好達治全集第三巻』、筑摩書房、一九七六年）

初出は、沢木隆子（本名坂崎タカ、一九〇七～九三年）らが一九五二（昭和二七）年四月一〇日に創刊した詩誌『ハンイ』の第一二号（一九五七年）。訪問した土地に対する挨拶代わりの詩、ではなかった。「水を渡り――」と改題してはいるが、ほぼそのままの形で『定本三好達治全詩集』（筑摩書房、一九六二年）に収録しているからである。

紀行文で「ただ廣いばかりののつぺら坊の水溜り」とされていた八郎潟が、詩題となるや鮮やかに変容する様は、刮目《かつもく》に値しよう。

八郎潟に立ち寄ってから九年後の一九六四（昭和三九）年四月五日早朝、達治は、心筋梗塞に鬱血《うつけつ》性肺炎を併発し、東京の田園調布中央病院にて没した。

石田玲水

市井の人々への共感

石田玲水（一九〇八～七九年）は、八郎潟町一日市生まれの歌人・ジャーナリストである。生家の渡辺家は造り酒屋で、小牧近江は従兄《いとこ》に当たる。

一日市郵便局勤務の後、船越、一日市、金足西、天王の各小学校に勤務。一九三五（昭和一〇）年、石田てつえと結婚して石田姓となった。同年、県内初の随筆雑誌『草園』（後の『叢園』）の創刊に関わるなど、文学活動を開始する。

一九四一（昭和一六）年、教員を辞めて秋田魁新報社に入社。一九五〇（昭和二五）年五月には、歌誌『寒流』を創刊し主宰となった。

秋田魁新報社の校正部長だった一九五六（昭和三一）年一二月、玲水は叢社から『八郎潟風土記』を出す。その「あとがき」に、三〇年以上を過ごした八郎潟が干拓されるに際して、

「懐しい《ママ》自然へのせめてもの感謝」を表すべく筆を執った旨が記されている。
同書の巻頭を飾っているのが「湖畔歳時記」。

　森山や高岡山や、潟向いの寒風山に山を焼くけむりが上り、夜になつてからはその火が赤々と見えて幻想的な世界を醸し出す。

四月の風景だ。山焼きの火やそれが夜の湖面に映る様を旅人が目にする確率は極めて低い。「幻想的な世界」に毎年立ち会うことができるのは、その地で生活する者に与えられた特権であろう。

子供らが泳ぎ、シジミを採る夏。白い帆をかけた打瀬舟《うたせぶね》が何十艘も浮かぶ秋。追いかけるように冬が来る。

　八郎潟にも馬場目にも氷が張りつめられ、天地は明けてもくれても白一色の世界、そしてその上を寒風おろしが吹きまくつて行くのである。

本州以南でこうしたモノトーンの「天地」が広がっている所は他になかったのではあるまい

か。

次の「桜の丘」には、詩が載っている。

うらうらと　春日かがよひ／みちのくの　三倉鼻にも／風なごみ　遅き春来て／漸くに
桜の咲けば／里人の　老いも若きも／遊ばむと　うち連れだちて／みづう《ママ》みの　一目に見
ゆる／丘に来て　或は酒酌み／うまきもの　食うべつつなど／永き日の　暮るるまではと
／のびのびと　いのちたのしむ〔以下略〕

「湖畔歳時記」で描写した厳しい冬があるからこそ春の輝かしさがいや増す。そして、三倉鼻（八郎潟町）は、景勝地であると同時に「里人」が集って「いのちたのしむ」場所でもあったのだ。

詩の後に、一首詠まれている。

春の日の照らふみずうみ展けつつ桜の丘に一日遊べり

同じ韻文（言葉のリズムを整えた文）ではあるが、詩と短歌の違いがよくわかる。「うらうらと」「かがよひ」「風なごみ」といった状態が「春の日の照らふ」と圧縮され、「或は酒酌み」以下は「一日遊べり」とまとめられた。並列させることによって、具体的であることのリアリティと抽象的であることの自由さとが各々際立って見えてくる。

何れにせよ、三好達治の紀行文「月の十日」や詩「八郎潟」の執筆姿勢とは明らかに違う。根底に、市井の人々とその暮らしがあるのだ。

荘厳なる自然への感嘆

『八郎潟風土記』の「霞立つ湖」の項には、以下の二首を含む短歌五首が載っている。

霞立つみづうみの水つらなりて男鹿山々にわが心往く

若きらは若きいのちに溢れむか舟の中より合唱おこる

前者は、広々とした湖の対岸の山々に思いを馳せる様子を外連味《けれんみ》なく表現している。後者には、舟遊びでの合唱に若者たちの生命力を感じ取る瑞々しい感性が窺われる。八郎潟は、青春の舞台でもあったのだ。

「八月の湖」からも二首紹介しよう。

　　八月の陽光を浴びて鴨ら行くわれらの舟と先を競へて

には、動きがある。泳ぐ鴨と同じ速度で進む舟。夏風が頬を撫でて行く感触を読む者に想起させる。

　　湖に落つる夕陽を眺めつつああ荘厳なるもののこの景

沈み行く太陽。夕焼け空とそれを映す大湖。確かに、「荘厳」としか言いようのないシチュエーションである。

日本各地の都市への空襲（初めての空襲は一九四二年四月）が始まった一九四三（昭和一八）年九月、玲水は秋田市の家から家族を一日市（八郎潟町）に疎開させ、翌年自らも同居した。

再度の八郎潟生活を綴った「台風」（一九五〇年九月のジェーン台風のこと）では、二階から眺める湖、山、野火等の風景描写に続けて次のように述べる。

暑い日中を仂き疲れてかえり、まず汗くさいしやつをかなぐり捨ててまつ裸になつて水でからだをふき、そのまま籐椅子に身を投げて昏れて行く男鹿の灯に見入るのが何よりの楽しみでもある。それに朝夕の雲が変化に富み、夜の星も又私の詩嚢を培つてくれた。

「詩嚢」（しのう）は、詩を生むもとになる思想や感情、の意だ。疲れた身体を癒やし、詩情を育んだ八郎潟のあれこれ……。一旦離れたために一層趣深いものとなった故郷での暮らしを愉しんでいるのが伝わってくる。

「水郷船越」では、八郎潟八景の候補として、三倉鼻（八郎潟町）、飯塚公園（潟上市）、鹿渡（三種町）、鯉川（同）付近の松並木道、大久保野村（潟上市）からの眺め、馬場目川河口等を挙げつつ、「湖岸第一の景勝地は水郷船越に指を屈しないわけにはいかないと思う。」と記す。その理由は以下の通り。

このあたりの風光の良さは寒風山や、真山、本山といつた山々が近くに見えることであ

る。山と水、水と山は景勝美の絶対必要条件であろうが、それがいかにも調和しているのである。

男鹿三山が迫力十分に見えたのは、玲水が向こう岸の一日市の生まれであったからだろう。そして、湖畔の風景では、朝と夕がよいとする。

立ちこめた朝もやが次第にはれて山があらわれ、水が見えてゆく光景もよいが、雲も、水も、舟も、網もみなしずかに夕靄の紫色につつまれて行く風情は思わず絶賛の声を放たずには居られぬものがある。

靄《もや》の中から出現し靄の中に沈み行く八郎潟の一日。山、水、雲等の自然と、舟や網といった人間の営みを表す景物とが等価に扱われているところに「水郷」と称する所以がある。こうした眼差しもまた、船越尋常高等小学校で教鞭《きょうべん》を執った二年間の生活から生まれたものなのであった。

詩情豊かな湖の四季

『八郎潟風土記』中の「飯塚付近」は、玲水がよく訪れていた潟上市飯田川飯塚を巡る随想だ。三倉鼻（八郎潟町）とは趣を異にするという「飯田川公園」（現「トレイクかたがみ」の敷地）からの眺めが、次のように描かれる。

男鹿本山と寒風山の裾がなだらかに相結びながらその姿を八郎潟に逆さに映している風景はまさに山と水との合一の美の極限であろう。また紺碧の秋に、その遠近よろしく重り合つた男鹿三山を背景に、平な水の面に、点々白帆を浮べている光景、さらに蒼茫たる水縞の縁から、あたかも抽象派の絵画の点景のように、田圃の畦道が幾十も東に向い走っている有様など、まさに平野湖八郎潟でなくては眺め得られないものである。

飯塚は、三倉鼻から約一〇キロほど南に位置する。男鹿の山々の姿は違って見えるはずだ。また、直下に湖が迫っている三倉鼻に対して、田圃の広がりが視界に入る状景はより重層的と言えるだろう。

玲水の筆は、太平山開得寺に移る。

銘酒太平山の小玉家の菩提寺だけにまことに大伽藍で、春の桜、初夏の新緑、秋の紅葉といずれも心をたのしませるものばかりである。

手入れのよく行届いた庭園、そして蘚の美しさ、池には鯉がおよぎ、後がすぐ山であるので、何となく幽邃の感が漂うている。

私事になるが、以前、小玉醸造の蔵と小玉家住宅（国指定重要文化財）、そして開得寺を見学する機会に恵まれたことがあった。なるほど「幽邃」（ゆうすい、静かで奥深い様）という風情で、ここから見下ろす干拓前の大湖の眺望は唯一無二だったろうと思われた。

「開得寺」の項には、平明で素朴な歌境を詠んだ一〇首が載っている。その中から、深山の気配が漂う二首を示す。

　開得寺の境内の樹木伸びきりて潟の眺めは背伸びして見る

ここにして八郎潟の波も見ゆ開得寺山門石段の上

雪に閉ざされた世界を独自の視点から伝えるのが随想「冬の湖畔」。家に籠もってひっそり暮らしていた人々は、旧正月過ぎの晴れた日に一斉に肥運びをする。やがて湖畔一帯の雪の積もった田圃に点々と黒い「肥盛り」が置かれて行く。玲水はそれを碁石に見立て、「雪の世界がつくる一つの棋譜であるかも知れない」と表現する。

シベリアから渡ってくるという白鳥が、この棋譜の上をとんでいるのを見たりすることがある。一面に白い世界を白い鳥がとぶ情景、それは確かに珍しい冬の風物詩である。

続く「冬湖」は、次の二つを含む短歌五首から成る。

白々と湖埋めし雪原に飛ぶ白鳥のかげの大きさ

みづうみに積りし雪を踏みわけて漁りの橇の人群小さし

「白鳥のかげ」は大きく、「漁り」（いさり、魚や貝をとること）する人の群れは小さい。冬の八郎潟は、鳥と人の主客を逆転させるのだ。

「八郎人」の誇りを胸に

八郎潟町の塞ノ神《さいのかみ》農村公園に、石田玲水の詩碑がある。アキタパーク美術館（潟上市）の閉館により八郎潟町役場の前庭に移されたが、役場の新築工事に伴って二〇二〇年七月に再移設されたものだ。そこに刻まれた「わがみずうみ」も『八郎潟風土記』に収められている。

八郎潟はわがみずうみ／わが少年の日の思い出は／その水にあり

で始まる詩は、二連で、少年の日の「夢」「憧れ」「感傷」のすべてが湖畔の町で育まれたことを告げ、三連では、次のごとく湖の春夏秋冬を詠《うた》う。

春の日の／なごやかな風湖上を吹き／夏の日のかがやきに少年の声あり／また打瀬舟の白き帆は／秋風の中にはらみ／真白き雪原に／点々と網ひく漁夫の一群あり。

四連で「若さぎ」「ふな」「ごり」「白魚」のおいしさを、五連で水・山・雲の中に四季があることを述べる。そして「水ひろびろとして／飛ぶ鳥は高からず。」と六連で繋ぎ、終連へと向かう。

今日来りて／みずうみのほとりに佇てば／風は岸べの芦をそよがせ／芦をとりて笛つくり／その笛を吹けば／へようへようとして／遥か、少年の日に／かえりゆくが如し。

大人になった「少年」が渚に佇む。湖面を渡る風と芦笛の音によって、詩を作った現在（「今日」）と過去（「少年の日」）とが連結される。この詩人にとって八郎潟は、代替の利かない特別な場所なのだ。

そうした愛郷心を散文で表現したのが「わがみずうみ」の後に載っている「湖畔を懐う」である。

私も故郷を慕って止まないひとりである。父と母の墓のあるふるさと、兄や妹たちや、甥や姪たちの大勢いるふるさと、親戚や、友人知己の多いふるさと、森山が見え、高岡山が見え、馬場目川が流れ、日本で第二の八郎潟がすぐ近くに見えるふるさと。

続けて、舘岡栗山《りつざん》が「八郎人」と自称していたことを紹介し、「八郎潟を朝夕眺め、八郎潟から獲れた魚を食い、八郎潟の潟風に吹きつけられて育つて来たものは、まさに「八郎人」でなくで何であろう。」と同調する。

次に綴るのは、生まれ故郷の年中行事について。

　七夕の夜、橋の上でたたく太鼓の音は今でもなつかしく耳につきまとつてくる。

　七夕の夜の燈籠に思い思いに描かれた絵を今でも私はなつかしく思い出すのである。

七夕行事は各地で行われているが、「太鼓の音」や「燈籠に思い思いに描かれた絵」には、それぞれの土地に固有のリズムや画題が生まれ育つ。その趣を玲水は懐かしむのだ。

さらに、「一日市の誇るべき行事」として挙げているのが、「観ている人もみんな踊り出したくなる」という盆踊りだ。

月のよい夜、湖畔の稲田を吹く風に乗ってあっちの村からもこっちの村からも盆踊の太鼓が聞えてくる。それは何という平和な姿であろうか。

空襲警報や爆音が鳴り響く戦時下の夜から一〇年余。改めて平和の意味に思いを馳せる玲水がいる。

干拓に多くを語らず

『八郎潟風土記』刊行から四年後の一九六〇(昭和三五)年二月、玲水は『秋田県短歌史』(寒流社)を編纂《へんさん》した。一九六三(昭和三八)年九月には秋田魁新報社を定年退職するが、引き続き嘱託として一九七〇(昭和四五)年一二月三一日まで勤務し、魁歌壇の選者を続けた。その間の一九六六(昭和四一)年に秋田市文化章を受章し、一九六八(昭和四三)年には秋田県文化功労者に選ばれている。

一九七七（昭和五二）年、黄疸が出たため秋田赤十字病院へ行ったところ、入院・手術となった。胆道癌であったが、本人には病名は伏せられていた。

術後、「残る食欲」（『叢園』一九七七年四月号）という文章の中で、「自分で食べたいというものが此の頃ははっきりしてきたようである。」として、次のように述べている。

さかなは八郎湖産のゴリ、ワカサギ、シラウオ、鮒。これは貝焼皿に醤油か味噌で煮て食べる。貝焼皿と七厘はいくつも用意しておき、それを使っている。

秋には奈良旅行に出かける程に恢復したが、一九七九（昭和五四）年五月二一日、再手術となった。六月下旬頃から容態が悪化し、七月一四日の朝、看護師一人一人に「お世話にばかりなって――」と挨拶したという（宮越郷平『和顔愛語の生涯／石田玲水』、アキタパーク美術館、一九九五年、参照）。

同日午後五時一五分、「眠くなった」という最後の言葉を残して、玲水の呼吸は止まった。七〇歳だった。

その翌年、遺歌集『湖畔』（短歌新聞社）が刊行された。「湖の魚――春をまつべし」八首の中から四首を挙げる。

白魚も鮒も公魚もわが口にはひらなくなれど湖は恋し

少年の日に行きて遊びし潟なりき蜆を拾ひ魚を釣るなど

魚や貝と不可分な関係にある八郎潟は、湖岸の人々の生活と一体化した里湖《さとうみ》（里山のような湖）であった。玲水も、『八郎潟風土記』の「あとがき」において、「少し足を運ばせると、いつでも岸まで行け、その風景に接することが出来るので、それだけに実に親しみ易いものを持つている」「平野湖」であると評している。

ところが、そうした在り方は一変する。

わが友の大方は漁を捨てたりき八郎潟干拓成るや成らずや

興味深いのは、この歌人が干拓事業を正面切って否定していないことだ。「湖の魚――春をまつべし」の最後に置かれた次の歌に、玲水のバランス感覚を窺うことができる。

八郎潟干拓のあとに作られし大潟村の未来想はむ

その「未来」を詠んだ「八郎潟ハイツ―歌に嘆きぬ」に目を転じよう。

過剰作付に揺らげる大潟村遙か見ゆ友の幾人歌に嘆きぬ

機械化に依る大型農業の夢いかに入植者君の嘆き大きも

社会的政治的な「嘆き」の対象となってしまった里湖。玲水はそれを風景として蘇生させようとする。

広々と水を湛へし残存湖このあかつきの空にしづもる

「残存湖」と「八郎潟」とでは全く別の歌になる。にもかかわらず、玲水は多くを語らぬままに世を去り、秋田市旭北寺町の法華寺に眠っている。

瓜生卓造

干拓技師の葛藤とは

一九六二（昭和三七）年五月二〇日、講談社から『八郎潟』というタイトルの長編小説が出版された。著者は神戸出身の瓜生卓造《うりゅうたくぞう》（一九二〇～八二年）。牧野信一（一八九六～一九三六年）、葛西善蔵（一八八七～一九二八年）に影響されて文学を志し、同人誌『新現実派』を主宰（一九五〇年）したり、『文学者』の編集を担当する一方で、私小説風の作品を発表し始める。早稲田大学スキー部で耐久レースの選手として活躍した経験を織り込んだ「金精峠」（『新潮』一九五三年一二月）で認められ、登山や探検をテーマとした作品を多く書いた。

一筋の堰堤が、潟の西側にそつて、遠く真一文字に延びていた。コンクリートの側壁が、緩慢な傾斜を見せているのは、潟の地盤の脆弱さを物語るものであろう。堤頂の道に

は、風に痛められた凍雪が、薄くいじけた姿ではりついている。

前掲『八郎潟』の冒頭だ。この後、出張で秋田に来ていた主人公の矢北周二が登場し、雪と氷に覆われた一月の湖を見る。

沖合には淡い霧が流れて、対岸の丘陵もなく、すべてが漂渺と銀灰色の空にとけこんで、潟のひろがりを無限なものに見せていた。

四二歳になる周二は、私立大学の助教授だったが、三年前、潟の干拓に夢を抱いて佐原建設の技師に転身した。しかし、農林省（現農林水産省）の指示なしには何もできないという現実に加え、「投下された資本と干拓地の効用とのバランス」を考えるにつけ、干拓事業に対して懐疑的にならざるを得なかった。

周二は、訪ねてきた旧知の露木悠子に向かって、自然条件をそっくり変えることの危険性を説き、次のように続ける。

「潟だつて、極端に云えば、三千人の漁民のアゴまで一緒に干上げて、貧相な土地を浮かびあがらせている。漁民の息の根をとめて、われわれが食いつないでいる。技術と資本と組織の力が、庶民の自由と財産を奪ったと云う見方も成り立つわけだ。」

事業を遂行する組織の一員として葛藤する周二は、中学時代からの友人で参議院議員になった島岡英作に、「約六千トンの水産物」が秋田県民の重要な栄養源として数字以上の恩恵をもたらしていること、漁民に対する補償問題が難航していることなどを話す。

東京の国分寺にある自宅に戻った周二は、農林省が立てた潟の営農計画書を読み直してみた。それによると、入植者の現金収入は一四万五千五二三円だが、八年目からは、干拓費や住宅費などの借入金の返済が始まるため、四千二五三円に留まることになる。

「一戸七人が一丸となつて、雨を突き、風と戦い、雪と氷に痛めつけられながら、年間に得られる総収入」のあまりの少なさに、周二は「こう云う数字を示して、土地の改良、生活の改善を平然と唱えられる役人の根性」を苦々しく思うのだった。

三月。馬場目川と三種川の護岸工事を佐原建設がやることになった。満水時、調整池の水位は防潮堤防の高さまで一メートル上昇する。となれば、流入河川は一メートルの標高まで逆流するため、それに備えた築堤が必要となるわけだ。

干拓にのみ目が行きがちになるが、八郎潟に注ぐ二二の河川の築堤を始めとする水位上昇に

伴う問題もあったことを、小説『八郎潟』は教えてくれる。

緻密な取材・調査の意味

『八郎潟』の中盤、物語の時間が一九五九（昭和三四）年九月に猛威を振るった伊勢湾台風（死者・行方不明者五千一〇一名）の翌年であることが判明する。

矢北周二は、伊勢湾台風により全域が水没した鍋田干拓地（愛知県弥富市）の復旧工事に派遣された。そのため、八郎潟に戻ったのは、一九六〇（昭和三五）年の秋になってからであった。

彼は、三種川の河口近くの堤頂から八郎潟を眺める。

> 潟をはなれてみると、やはり潟だけがなつかしく思いかえされた。今潟を前にして、やっとおちつきをとりもどした気持であった。彼は潟をわたる風を肺一杯にすいこんでみた。さわやかな気持であつた。感慨無量と云つてもいいかもしれない、と思つた。

しかし、この半年間に起きた潟の営農計画の変更（配分される農地を一・五ヘクタールから五ヘクタールに修正するというもの）や拗《こじ》れた補償問題に思い至ると、「どこか世の中が、まちがつた形で回転している」、「日本国全体のいとなみにヒズミがある」、「戦争のしわ寄せと云えるかもしれない」といった重苦しい気持ちになるのだった。

帰り際、今一度潟に目をやる。

陽はいつしか厚い雲にかくれ、潟は裏葉色に沈んでいた。遠く沖合には、土地の人々が《ウタセ》と呼ぶ漁船が、満帆に南西風を孕んで、残りすくないなりわいにいそしんでいた。

「裏葉色」は、葉の裏のようなくすんだ薄緑色の意。事業が進むにつれて難題が持ち上がってくる八郎潟の現在と将来を暗示するかの如き色合いと言えよう。

秋田市にある会社の寮に着くと、露木悠子からの速達が届いていた。それには、友人と男鹿半島に行くとあって、秋田行き急行の到着時間が書いてあった。

明朝、悠子の真意を計れないままに秋田駅に迎えに行く。悠子は友人が急に都合が悪くなった旨を告げた。

男鹿旅行への同行を求められた周二は承諾する。二人は船川行きの気動車（内燃機関を動力とする鉄道車両）に乗った。

やがて、八郎潟が見えてくる。周二は、営農計画の変更を「生身の人間がおもちゃにされている」と批判し、「一人でも多くの入植者をいれたい」として二・五ヘクタール案を主張する秋田県の姿勢を「一番現実的だ」と評価する。

『大潟村史』（大潟村、二〇一四年）によれば、農地配分は、一戸あたり概《おおむ》ね五、七・五、一〇ヘクタールの中から選択ということに落ち着く（第一次〜第四次入植者）。大規模化に振れた分、入植者の数は制限される結果となった。

雨の中、気動車は船越水道の鉄橋に差し掛かる。

> 右前方に、工事中の防潮堤防が、その威容をあらわしはじめた。固定堤はすっかりできあがり、いくつもの水門のタワーが、丸太の足場をつけたまま、巨大な蕈《きのこ》のような姿で頭をもちあげていた。

防潮水門工事が行われたのは、一九五九（昭和三四）年六月から一九六一（昭和三六）年三月までである。作中の二人が見たのは、完成を約半年後に控えた堤防と水門ということになる。

『八郎潟』は、緻密な取材と調査とによってリアリティを獲得しようとする小説なのだ。とすれば、作品の叙述から干拓の実際を推量することもある程度は許されよう。

道ならぬ恋の果てに

『八郎潟』の後半、船川駅（現男鹿駅）でバスに乗り換えた矢北周二と露木悠子は門前（男鹿市）に着く。五社堂を見ているうちに雨脚が激しくなったので、引き返すことにする。既婚者である周二は迷った挙句、男鹿での宿泊を提案し、悠子は頷《うなず》いた。

船越（同）まで戻り、戸賀行きのバスに乗る。車窓から、山合のわずかな平坦地に作られた田や段々畑が見えた。

男鹿一帯は県内でもっとも早く開けた地方で、土地は最大限に利用されていた。それでも耕地は不足して出稼が目立っており、潟干拓の意義にもつながっていそうに思われた。

隣接する地域の実態が、干拓に批判的だった周二の認識に変化をもたらした可能性が示唆されている。

戸賀の海を眺めた後、四時発の最終バスで男鹿温泉着。新築の旅館に宿をとる。二人は床に就き、しばらく互いの家族のことなどについて話していたが、雷鳴が轟《とどろ》く中、男女の関係を結んでしまう。

東京に戻ってからも関係は続く。しかし、周二の弟誠と悠子の縁談が持ち上がり、状況は複雑化してゆく。

一二月下旬。周二は、八郎潟に来ていた。

縹色《はなだいろ》の澪《みお》、沖の開水、暗い空と濃い霧、季節風が吹きすさび、雪は霏々として舞う。遠く淡い寒風山の姿。自然は正直にくりかえされる。変わってしまったのは潟の姿であり、それにもまして彼と彼女である。

「縹色《はなだいろ》」は薄い藍色、「霏々《ひひ》」は降りしきる様の意。悠子が突然ここに現れた時から一一か月が経っていた。

変わらない自然と移ろう人事に思いを馳せながら雪と風に逆らって歩いていると、自分の名を呼ぶ声が聞こえる。振り向くと、悠子が立っていた。
彼女は、誠とは結婚しないこと、その理由に周二への想いがあったことを告げ、立ち去ろうとする。周二は引き留め、近づいてゆく。

左手が彼女のうなじに伸びていく。ついで右腕をその背にまわしていった。左側で潟が激しく鳴った。地吹雪が龍巻となって、氷を這い、堤をかけあがって、彼等をつつんだ。そのなかで彼は深い吐息をきいた。一瞬目を閉じると、両腕のなかにしなやかな女体が崩おれていた。

唇を合わせた後、男は堤の果てへ、女は反対方向の船越へと向かう。間もなく悠子の姿は風雪の中に消え、ラストシーンとなる。

ここまでくると、堤には一つのふみあともなく、潟はひときわ白さを増していた。吹雪の合間に、縹色の澪が見える。雪と氷と霧と銀灰色の空と、そして沖の開水と――

冬の八郎潟で再会した周二と悠子は、秋の男鹿で道ならぬ恋に落ち、八郎潟で決別する。つ

まり、秋田は恋愛的空間として存在している。と同時に、干拓事業の問題点を提示し主人公に葛藤を生じさせる場所ともなっている。二つのテーマが有機的に関わり合い融合していたなら、名作と称される作品になったのではないか。

ともあれ、八郎潟を主題・舞台とする小説をものした瓜生卓造は、『檜原村紀聞　その風土と人間』（東京書籍、一九七七年）で第二九回読売文学賞随筆紀行賞を受賞（一九七八年）するなど、一九八二（昭和五七）年に六二歳で没するまで健筆をふるった。

井上光晴

干拓で消えゆく詩情

福岡県久留米市生まれの井上光晴（一九二六〜九二年）は、幼くして両親と生別、貧しい少年期を過ごした。

第二次世界大戦後、日本共産党に入党し詩作を始めたが、「書かれざる一章」（『新日本文学』、一九五〇年七月）が党に対する内部批判小説として注目され、作家としての地歩を得た。一九五三（昭和二八）年、日本共産党離党。一九五六（昭和三一）年に上京し、作家活動に専念する。

旅行雑誌『旅』の一九六五（昭和四〇）年一月号に載せた「八郎潟／湖中に生れた新しい大地の生活」（後「湖中の大地――八郎潟」と改題の上『幻影なき虚構』、勁草書房、一九六六年、所収）は、編集部からの依頼で書いた紀行。本文中に引き受けた理由が述べられている。

「わが眼路《まじ》のやうやく開けくるなべに八郎潟はおほに濁れる」「大きなる八郎潟をわたりゆく舟のなかには昼餉も載せあり」という斎藤茂吉の歌と、数年前奥羽線の車窓からかいま見た、白鳥のような帆をしたうたせ舟によってしか、私は八郎潟を知らなかったが、あの情緒あふれる湖水が干拓されて、どのような新しいくにに変りつつあるのか。私はそこに、人間と自然の変革が織りなす力強いドラマを期待した。

歌枕としての八郎潟は失われるが、その変化の中に「ドラマ」を見出そうとしている。一貫して社会的存在としての人間の在り方を描き続けた井上ならではの視点と言えよう。

一九六四（昭和三九）年一一月一八日、井上は空路秋田へ赴く。県庁で、一〇月一日に発足したばかりの大潟村の村長職務執行者嶋貫隆之助氏と会い、「百年先を目標にして、世界の大潟村にしたい」（前掲「八郎潟／湖中に生れた新しい大地の生活」、以下同じ）という抱負を聞く。

いよいよ現地に向かう。南部排水機場の屋上から東と北に続く堤防を見渡した時、初めて干拓工事の規模の巨大さを実感し、「古さと新しさの奇妙に混淆した風物詩ともいうべき湖面を目のあたりに、三年後、十年後の大潟村の姿をしきりに思いめぐら」す。

その結果、協同経営の分配方法、入植者と周辺農民との格差、入植の条件、収穫までの生活資金といった諸問題に気づく。事業の成功までには、まだ幾つものハードルを越えなければならないのだ。

総合中心地に近い地点で私は車を降りたが、湖水の彼方に断続する影絵のような山脈は、何か立ち去りがたい思いをこめていた。それは八郎潟最後の詩情として私の胸を衝いたのだ。

この感慨を読む限り、井上が「人間と自然の変革が織りなす力強いドラマ」を看取したとは思えない。山積する課題と失われる「詩情」とが訪問前の「期待」を裏切らせたと解釈せざるを得まい。

一人の作家が、八郎潟の干拓にいかなるイメージを抱き、どのような不安を感じたかを克明に描いた「八郎潟／湖中に生れた新しい大地の生活」は、誕生直後の大潟村の様子を伝えるルポルタージュとしても貴重である。

その後も、天皇制、原爆、朝鮮戦争、廃鉱等、多岐にわたる重いテーマに取り組み次々と作品化していった井上だったが、一九八九（平成元）年七月、大腸癌が見つかった。肝臓と肺へ転移し、一九九二（平成四）年五月三〇日、調布東山病院にて六六年の生涯を終えた。前月に第一九回部落解放文学賞応募作の選評を夫人の口述筆記にて仕上げたのが最後の仕事となった。

斎藤隆介

民話を新たな物語に

児童文学者の斎藤隆介（本名隆勝《たかかつ》、一九一七〜八五年）は、東京都渋谷区の生まれだが、一九四五（昭和二〇）年七月、秋田出身の画家福田豊四郎（一九〇四〜七〇年）の縁で疎開した秋田に一三年間住んだ。秋田魁新報記者や劇団わらび座文芸演出部客員などをする一方、文化運動や労働運動に参加した。

代表作「八郎」（『秋北中学生新聞』、一九五〇年四月、後『人民文学』四月号、一九五二年、『教育新聞』一月号、一九六三年、転載）が生まれた事情について、斎藤は、ラジオから流れてきた既存の民話の脚色に腹を立てたからだと述べている。「ばかをいえ！　山林労働者が魚を食ったからって一々鱗《うろこ》をはやされてたまるか！」（「「八郎」について」、『日本児童文学』九月号、一九七五年）と激昂し、「ひと息に三時間ほどで」（同）書き上げたという。

果たして、どんな話ができたのか。

昔《むかし》な、秋田の国に、八郎って山男《やまおとこ》が住んでいたっけもの。八郎はな、山男だっけから、背《せえ》がたァいして高かったっけもの。んだ、ちょうど、あら、あの樫《かし》の木な、あのぐらいもあったベセ。（『斎藤隆介全集一／八郎・モチモチの木（短編童話一）』（岩崎書店、一九八二年、「八郎」本文については以下同じ）

「今は昔」（今となっては昔のことだが）という常套句同様、「昔《むかし》な」と語り出せばどんな不思議も通用する。樫の木程の身長の山男がいても構わない。何しろ、今の話ではないのだから。

「バカケ」な八郎は、さらに大きくなりたくて、浜まで駆けていっては海に向かって「ウォーイ」と叫んだ。それを何度も繰り返していると、やがて山のような巨体になっていた。

ある日、浜に来ると、「めんけおとこわらし」が海を見て泣いていた。海が荒れるせいで、「父《おど》」の田が潮水をかぶって駄目になることに心を痛めているのだった。

「わらし」はいつまでも泣き止まない。悲しくなって「石臼《いしうす》みてえだ涙《なみだ》コ一粒《つぶ》ポローリとこぼし」た八郎は、「んだば分かった。待ってれ！」と言って、山の麓と頂上に両手をかけて持ち上げて背負い、海の中に放り投げた。

したっきゃなんと海の奴、ザバーッ！　ってまっ二つに割《わ》れてよ、割れた二つが黒い太陽まで飛び上がってセ、夕立《ゆうだち》のようにビシビシ降って来た海の水は、ザバザバ、ザバザバって沖《おき》のほうサ行ってしまったと。

使用されている方言が難解なためなかなか児童文学として認められなかった旨を松谷みよ子（一九二六〜二〇一五年）が「隆介さんのこと」（『斎藤隆介全集第一巻月報』、岩崎書店、一九八二年）で回想しているが、斎藤の意図は明確だ。「秋田弁の豊かさと詩情《しじょう》」と「おのずとにじみ出る生活感」に惹かれたのみならず、地域語から出発した「真に美しい日本共通語の完成」への願いを込めての使用であることが「「八郎」の方法」（『日本児童文学』一月臨時増刊号、一九七三年）において述べられている。

さて、海が撤退したのを見て村人たちは大いに安心し、八郎を称賛した。「男わらしコ」が紅葉みたいな手を叩いて喜び、八郎もニコニコしたその時、「男わらしコ」が沖の方を見て泣き出した。一体何が起きたのか。

高次の幸福を得た歓喜

「八郎」の前半は、八郎が山を海中に投げて海を撃退したかと思いきや、何らかの異変が起きたことが暗示されて終わった。

「わらしコ」が泣き出したのは、怒った海が押し寄せてくるのを見たからだった。八郎は、「しんぺえすんな、見てれ!」「したらば、まんつ。」と言って、海に入って行く。

海は押す。八郎は押しかえす。海はまた押す。八郎の、腹《はら》から、胸から、肩《かた》まで水が来てよ、とうとう首から鼻まで水が来た時よ、八郎はそこらじゅうがひっくらかえるような声で叫《さか》んだとや。

分かったァ! おらがなして今までおっきくおっきくなりたかったか! おらはこうしておっきくおっきくなって、こうしてみんなのためになりたかったなだ、んでねがわらしコ!

斎藤は、この部分が説教的、非芸術的であるという批判があるとし、「自分の幸福だけを追求している世界から、わらしこへのやさしさを足がかりにして、思わずもう一次元《じげん》高い幸福の世界を摑《つか》んだ時の、歓喜《かんき》の詩的絶叫《してきぜっきょう》として書いた。」（「「八郎」について」、『日本児童文学』九月号、一九七五年）と応じている。

「八郎」が単なる童話であるとしたら、「みんなのため」という発想に説教臭さや教育的意図を感知することも可能かもしれない。しかし、自らの存在理由を知った内的感動に裏打ちされた「みんなのため」であることを重視するなら、そうした短絡は許されない。

闇雲に大きくなろうとしたことを、何も考えずに勉強し、働き、財を成す行為と読み替えてみれば、それらの意味がわかり使命が自覚できた瞬間に迸《ほとばし》るであろう「歓喜の詩的絶叫《かんきのしてきぜっきょう》」を、我々も想像できるのではないか。

八郎は海に沈んだ。腹の中に入られては叶わないと諦めた海は、沖へ去った。それで、沖は荒れても、八郎潟はいつでも穏やかなのだ。

そして八郎に腹まで海サ沈められた山コはよ、いくじなしで、おらさみィ、おらさみィって、風寒がったもんだから、いまでも「寒風山《さむかぜやま》」って、みんなから笑われてセ、笑われても海から風が吹いて来れば、そのたんびに頭をすくめて、

おらさみィ

おらさみィ
って泣《な》いてらよ。

「寒い風の吹く山」を、「風を寒がる山」と擬人化して、昔話を「いま」に繋ぐ。所謂《いわゆる》民話の体裁となっているのだが、斎藤は自作を「創作民話」と名付ける。それは、「人民のための社会を建設しようと」し「自己《じこ》の変革もやり遂《と》げてゆく」（前掲「『八郎』の方法」）という意志を有した民話の謂《いい》なのだ。

全く新しい八郎潟の物語を生み出した斎藤は、一九五八（昭和三三）年に帰京し、秋田での生活や体験によって培われた独自の文学世界を築いてゆく。『ベロ出しチョンマ』（理論社、一九六七年）で第一七回小学館文学賞、『天の赤馬』（岩崎書店、一九七七年）で第一八回日本児童文学者協会賞を受賞するなど活躍したが、一九八五（昭和六〇）年、脳内出血により六八歳で世を去った。没後に刊行された『ソメコとオニ』（岩崎書店、一九八七年）は、第一〇回絵本にっぽん賞を受賞している。

高井有一

成立直後の大潟村が舞台

高井有一（本名田口哲郎、一九三二〜二〇一六年）と秋田との関係は深い。生まれは東京府北豊島郡（現東京都豊島区）長崎町だが、小説家・劇作家・美術評論家として知られる祖父田口掬汀（本名鏡次郎、一八七五〜一九四三年）が角館（現仙北市）の出身であったため、一九四五（昭和二〇）年五月、母、妹とともに同地に疎開した。

同年一一月、母信子が入水自殺。この体験が高井を小説へと向かわせた（「死ぬ者は死に、生きる者は生きる―あとがきに代へて」、『作家の生き死』、角川書店、一九九七年、参照）。

早稲田大学を卒業後、共同通信社文化部に勤務する。立原正秋（一九二六〜八〇年）、加賀乙彦（一九二九年〜二〇二三年）らと創刊した同人誌『犀』の第四号（一九六四年）に、「北の河」を発表。母を喪った体験に基づくこの小説で、第五四回芥川賞（一九六五年下期）を受賞した。

その二年半後、高井は、再び秋田を舞台の一つとする「夜明けの土地」(『新潮』一九六八年五月号)を発表する。これは、神代立彦《こうじろ》と草薙波津子との出会い・別れ・再会を巡る恋愛小説だ。

フリーライターの神代は雑誌社で波津子と再会する。求婚した神代のもとに一方的に別れを告げる波津子の手紙が届いてから、五年が経過していた。

神代と知り合う前、波津子はバーテンの清宮篤志と付き合っていた。清宮は結核に罹り入院、波津子の献身的な看護にもかかわらず、彼は縊死《いし》してしまう。波津子は、清宮の生への絶望感を理解していなかった自らを強く責める。彼女が神代の愛に応じなかったのは、自分の苦しさが神代を傷つけることを恐れたからであった。

再会後、神代は、波津子の妹の三繪子からすべてを聞く。彼は波津子に会いに行くが、彼女は不在で、一週間経っても戻らなかった。万策尽きた神代は、学生時代の友で秋田にある干拓地に入植した硲《はざま》恭太を訪ねることを思い立ち、手紙を出す。

すぐに来た返事には、「今、「八郎潟入植訓練所」で五十七人の仲間とともに、新しい機械化農業の訓練を受けてゐる」こと、「此處に來て本當によかつたと思」っていること、「自分の生活を見てもらひたい」こと、などが綴られていた(引用は『夜明けの土地』、新潮社、一九六八年、より、以下同じ)。

神代は夜行列車で秋田に向かった。

八郎潟は西の風が強かつた。日本海から吹く遮るもののない風である。

「この邊りも變つてしまつたものだすて。昔なば、はあ、景色のいい所だつたどもなあ」

風に煽《あふ》られて進む車の中で運轉手が言つた。訛の強い言葉が、神代には半分も判らない。〔中略〕車の左手、西の方には、頂上に圓型の展望臺を乗せた山が、黄ばみ始めた緑の裾をなだらかに曳いてゐる。寒風《かんぷう》山である。

「遮るもののない風」という表現が、一一月の干拓地を端的に象徴する。紅葉半ばの寒風山の描写も的確だ。

一五分ほど走ると、集落が見えて来た。

一本の木、僅かの緑の彩りさへない野の中に、風景畫に見るやうな建物が散つてゐる。大きさも形もそれぞれに異るが、何れも白い壁の上に鮮かに赤い屋根を載せてゐるのが、他に色のない土地の中では、奇妙に現實感がなく、遊園地の模型の家のやうにも感じられる。

成立後間もない大潟村総合中心地の、極めて貴重な文学的描写である。

救済の地としての村

主人公の神代は、八郎潟の入植訓練所の玄関に入ろうとした時、「神代君ぢやありませんか」と声をかけられた。振り返ると、頭を丸刈りにし無精髭《ひげ》を一杯に生やした硲恭太が立っていた。硲の家に行き、一眠りする。夜、冷や酒を飲みながら、神代は、入植した理由を尋ねる。男鹿の親戚の家によく遊びに来ていた硲は、「見慣れた八郎潟に新しく堤防が築かれ、浚渫船が動き、湖底が徐々に露はになるのを見」て、「人の力で物がこんなに變つて行くのかといふ感動」を覚えたのだという。

経験のない農業で家や土地の借金を返せるのかといった不安を抱えつつも、教職を辞して入植したからには「もう將來を信じる以外にないんだよ」と言う硲を見て、神代は自らも「自分の生きる土地」を持とうと思う。そして、未来へ向かって歩き出すことを決意する。

東京へ戻った神代は、波津子の家の硝子を割って中に入り波津子を待つ。四日後、帰宅した彼女に「結婚しよう」と告げるが、「五年前に終つてしまつた事を、また懲りずに始めようとなさるの」と拒まれる。しかし神代は半ば強引に彼女を抱き寄せ、遂に二人は結ばれた。

一〇日後、二人は八郎潟に向かう。翌朝、雪の舞う干拓地に立った神代を次のように描きつつ物語は終わる。

裕は、今かうして降り積んでゐる雪に埋もれて冬を過し、やがて春になれば自分の土地に初めての種を播くであらう。たとひその結果が惨めな失敗に終つたとしても、彼はまた次の年、同じ營みを繰返すよりない筈であつた。自分の土地から彼はもう逃れられはしない。將來を信じる以外にない、と自分に確かめるやうに言つた彼の心を、神代は初めて理解出來たやうに感じた。

「俺の土地」

と神代は波津子とともに過さねばならぬ不安の多い長い未來に挑む想ひで、かつて裕から聞いた言葉を呟いた。

裕恭太の住む赤い屋根は、まだ雪の彼方にあった。

発端は波津子の交際相手だった清宮の絶望感・虚無感にあった。彼の死によってそれは波津子に手渡され、さらに神代へと伝染してゆく。その連鎖を断ち切ったのが、八郎潟の自然と干拓地、そして友（硲は角館生まれと推定される）の生き方であった。神代を蘇生させ、その結果として波津子をも救済した八郎潟干拓村は、行き場を失っていたこの男女の人生を拓《ひら》く〈夜明けの土地〉に他ならなかったのである。

　高井は、一九六七（昭和四二）年の三月に角館の民俗学者富木友治（一九一六〜六八年）の案内で寒風山を訪れた際に「夜明けの土地」の構想が明らかになったと述べている（「湖畔の詩碑」、『春雪』一九七四年五月）。改めて、この作家と秋田との浅からぬ因縁を想う。

一九七五（昭和五〇）年に共同通信社を退社し創作に専念した高井は、芸術選奨文部大臣賞（一九七七年、『夢の碑』）、谷崎潤一郎賞（一九八四年、『この国の空』）、読売文学賞（一九九〇年、『夜の蟻』）、毎日芸術賞（一九九二年、『立原正秋』）、大佛次郎賞（一九九九年、『高らかな挽歌』）、野間文芸賞（二〇〇二年、『時の潮』）等を受賞。二〇〇〇（平成一二）年から二〇〇二（平成一四）年にかけては日本文芸家協会理事長を務めるなど文学界の重鎮として大きな存在感を示すも、二〇一六（平成二八）年一〇月二六日、心不全のため八四歳で死去した。

千葉治平

風土伝える優雅な舞

第五四回芥川賞（一九六五年下期）受賞作が高井有一の「北の河」であったことは前述したが、その回の直木賞受賞作は秋田県仙北郡田沢村（現仙北市）生まれの千葉治平（本姓堀川、一九二一～九一年）の「虜愁記」（『秋田文学』第二三、二四、二六、二七号、一九六四～六五年）だった。地方同人誌掲載作の直木賞受賞は快挙と言えた。

田沢尋常小学校高等科を経て秋田工業高校電気科を優等で卒業した千葉は、南満州鉄道調査部科学研究所に入社、給費学生制度を利用して南満州工専通信工学科に学び、一九四四（昭和一九）年一〇月に繰り上げ卒業した。

終戦後は田沢に復員し、農業に従事する。その体験に根差した「蕨根を掘る人々」が『月刊さきがけ』の公募小説一等入選（一九四六年四月号、選者は伊藤永之介・鶴田知也）となり、本格的に創作に取り組む契機となった。

同年、日本発送電(一九五一年五月に東北配電と統合・再編され東北電力となる)入社。一九五四(昭和二九)年、仙北郡のとある農村を舞台とした「馬市果てて」(『地上』一九五四年一月号)が、読者票三万票を得て第一回地上文学賞を受賞した。

一九七二(昭和四七)年一一月、千葉は『八郎潟―ある大干拓の記録』を講談社から上梓した。帯紙に「自然破壊を許すな!」とあることもあってか、内容を心配した県が同書を買い占めようとしたとも伝えられた。

千葉は、郷里の田沢湖に食糧増産と電源開発計画のため玉川の強酸性水が導入され「死の湖」(前掲『八郎潟―ある大干拓の記録』)となったことに心を痛め、たつこ姫の恋人だった八郎太郎の住処《すみか》である八郎潟の行く末を憂慮するようになったのだった。

同書は三つの章から成る。第一章は「水と人間」。食糧不足が続いた終戦後、俄《にわか》に脚光を浴び大勢の行商人や闇商人で賑わった一日市(八郎潟町)を一九五二(昭和二七)年の八月一七日に訪れた時のことを書いている。

千葉は、秋田市から夕方のバスに乗って八郎潟の盆踊りを見に行く。


土崎港町を出ると、大きな火の玉となった太陽が海辺の砂丘に落ちかかったかと思うと、

ぐんぐん地平にめりこんでゆく。まるで生きもののような不気味な感じである。

目当ての盆踊りは翌日からであった。千葉は「しまった」と思うが、どこかで踊りの稽古くらいはやっているだろうと乗り続けていると、太鼓の音が聞こえてきた。

バスを降りると、そこは「竜馬橋のたもとにある大川という村」で、一日市盆踊り大会の前夜の稽古が行われていた。「耳が破れそう」な太鼓の音に「全身が波のように揺すぶられ」、「いったん踊りだしたら、太鼓に呪縛されて逃げることができないようで」あった。

サンカチ踊りは娘たちが股をあげるのでエロティックな感じがする。盆踊りらしい優雅な手振り――打ちおろした太鼓の音がドーンと余韻をひいてすうっと切れる間合いを、ひらひらと地べたのほうへ手を低く潜らせる。八郎潟のなかを泳ぐ魚のようだ。

娘たちの動きを潟魚に喩えることで、八郎潟における「水と人間」を表現しているのだ。

「いかにも日本第二の太湖八郎潟から生まれたような風土のにおいが色濃くにじんでいる」この盆踊りを見た千葉は、「原始の息吹きに満ちた八郎潟」に新たな興味を覚え始めるのである。

干拓史を詳細に記録

いる。

『八郎潟―ある大干拓の記録』第一章「水と人間」の中で千葉治平は、干拓の前史を辿っている。

可知貫一技師や金森誠之《しげゆき》博士らが作成した干拓設計図、そして一九四六（昭和二一）年に農林省が干拓準備の予算措置をしたこと等が何れも頓挫した事情に触れた後、オランダのデルフト工業大学のピーター・フィリップス・ヤンセン教授（一九〇二～八二年）の調査について詳述する。

千葉によれば、干拓堤防の権威であったヤンセンを招いたのは、吉田茂（一八七八～一九六七年）首相の考えだった。第二次世界大戦中、日本軍はオランダの植民地であったジャワ、スマトラを占領し、「オランダ人三十万人をビルマの鉄道工事に強制的に就労させ、一万九千人のオランダ人を殺害した」（前掲『八郎潟―ある大干拓の記録』）。それに対する強い敵愾心を減じ、オランダとの国交回復の布石にしようという目論見だったのである。

ヤンセンが秋田入りをしたのは一九五四（昭和二九）年四月七日の朝であった。「あきたくらぶ」で八郎潟の地理的な状況と干拓計画について説明を受けた後、車で現地に向かう。

一行は、馬場目川の河口から県の水産試験場の動力船で湖を北上し、三倉鼻（八郎潟町）に着いた。岩山からの視察を終え、池田徳治秋田県知事に乞われて桜の樹を植えたヤンセンは、再び船に乗り三種川の河口を見てから南下、西部砂丘地帯に添いながら湖を縦断した。途中、「美しい湖だ」と「しきりにほめた」という。

帰国後にヤンセンが日本政府に提出した「ヤンセンレポート」には、八郎潟干拓について、農地拡大のために最も効果的であること、農業土木技術に革命的な成果を与えるであろうことが記されていた。政府は、改めて八郎潟の価値を認識したのだった。

約四か月後の八月中旬、世界銀行（各国の中央政府または同政府から債務保証を受けた機関に対し融資を行う国際金融機関）調査団の一行が八郎潟の視察にやって来た。それから一か月も経たないうちに第二陣が来秋し、融資の可能性を示唆する談話を発表する。

干拓に懐疑的だった一般県民や反対運動を展開していた漁民たちは「大きな心理的圧迫」を受け、「もはや政府や世界銀行がやる気になっている以上、大勢は防ぎきれまいとする敗北感」を覚えるようになった。

湖畔の町村議会においても、岸に面した出先干拓地を増やすようヤンセン計画を変更させ漁業補償を有利にすべきである、それによって秋田県の景気を浮揚させ出稼ぎ問題や二男三男問題を包括した解決を目指すべきだ、という主張が台頭してくる。

『八郎潟—ある大干拓の記録』は、こうした状況下の湖に浮かぶ打瀬舟《うたせ》の様子を次のように描く。

貝殻のように美しいそりを打った白帆、二十二反の帆布一枚一枚が彫刻のように弓なりの弧をしならせ、日が照れば純白に輝き、日が翳《かげ》れば濃い影を大きな湖面に落とした。男鹿の寒風山に夕日が傾いてゆくころ、真帆上げて帰る舟に湖の風は冷えてくるのだった。

この部分を語っているのは、前回登場した千葉本人と思しき「私」とは異なる、言わば無人称の語り手である。当時の千葉は肺の病で療養生活を余儀なくされていて、ヤンセンの視察や湖岸の動きなどに立ち会えるはずがない。

千葉は、八郎潟を訪れた経験と、執筆時点における取材内容を組み合わせることで、ノンフィクションに臨場感を付与しようと企図したのである。

消えゆく景への惜別

『八郎潟―ある大干拓の記録』の第二章のテーマは、「泥と人間」である。「八郎潟らしい美しさを示すのは、晩秋初冬のこの季節」（前掲『八郎潟―ある大干拓の記録』）と言う千葉は、その理由を次のように述べる。

> あらゆる虚飾をかなぐり捨て、どろどろと煮えたぎるように波打ち、大地から生まれたままの荒々しい風貌をむきだしにして、吠えたける。瀕死《ひんし》の叫びのようなものが聞こえてくるようだった。

荒涼たる光景に「美しさ」を見る感性が面白い。後段は、干拓されつつある現状を投影した主観的表現だ。

一九五九（昭和三四）年五月から中央干拓堤防工事が始まる。三倉鼻（八郎潟町）の背後にある筑紫岳が一千万円で買収され、麓に砕石場ができた。また、夥《おびただ》しい藻が生えた深い泥との戦いもあった。

双竜号はプロペラに藻くずがからんで操舵不能におちいった。泥を吸い上げるポンプの口が藻でふさがれる。岸に近い砂地盤の地帯では、推進器が極端な摩耗《まもう》を受けて故障が起こる。船の吃水《きっすい》は下げられない。下げると砂がプロペラをかじる。冬は冬で凍結して動けなくなる。

八郎潟南東部の湖底にはヘドロ（水底の泥状の堆積物）があったので、堤防の強度を確保するため独自の「砂置換工法」（ヘドロを掘って砂を置きその上に築堤する工法）が採用された。「双竜号」は、その工事用に新造された国産の浚渫《しゅんせつ》船。

現在の長閑な大潟村の姿からは想像できない難工事であったことがわかる。想像力に頼らずに『大潟村史』（大潟村、二〇一四年）を繙《ひもと》くならば、「双竜」「第三公団丸」「昇竜」の活躍する様子を海軍の部隊に喩え、八郎潟艦隊と呼ばれた、との記載に行き着く。自治体史としては妥当な扱いと言えようが、千葉が書き記した産みの苦しみについても知る必要があるだろう。

中央干拓予定地の排水が始まったのは、一九六三（昭和三八）年一一月一二日。小畑勇二郎（一九〇六年～八二年）知事がスイッチを入れ、「重戦車のような斜流ポンプ四台がごうごうとうなりを上げて、毎秒四十立方メートルの湖水を残存湖へ吐き出し」始める。「期せずして、〝万歳〟の叫びが起こった」のを「私」はテレビで観ていた。

着工から七年後の一九六四（昭和三九）年九月一五日、干陸式・新村設置記念式典が挙行され、干拓地が初めて一般公開された。訪れた群衆の中に、年老いた母を連れた鎌田シゲ子がいた。彼女は、第一章で「私」に網元を紹介してくれた行商人で、第二章で再会した際には「網っ子」という酒場を開いていた。

報道班の腕章をつけた青年にマイクを向けられたシゲ子は、八郎潟を愛してきたから干拓には反対したが、それは過去のことでこれからやってくる人たちには恨みも憎しみもない、八郎潟をみんなのために役立てるよう祈っている、と話す。しかし、無人称の語り手は、彼女の心中を次のように述べつつ第二章を閉じる。

夏の朝もやのなかに櫓《ろ》の音をやわらかく響かせていたモグトリ舟も、秋風の中に白鳥の群れるように浮かんでいたウタセ舟も、狂ったように水の上に飛び上がるボラの影も、湖を金色の波に包んだ夕映えも、もう二度と見られないと思うと、なんともいえない悲しみがシゲ子の胸を浸してくるのだった。

期待と不安の新天地

『八郎潟―ある大干拓の記録』の第三章「機械と人間」において千葉治平は、一九六五（昭和四〇）年の夏の終わりに自宅を訪ねてきた芝田勝郎という農民について書いている。農業雑誌『地上』の読者で、第一回地上文学賞を受賞した「馬市果てて」によって千葉を知った、とのこと。

三四、五歳と思われる芝田は、千葉県佐倉市で一町歩の水田と畑作と養豚をやってきたが住宅団地や工場ができた関係で水田をやっていられなくなった、農に徹して生きたいと開拓地を探しているうち八郎潟干拓地の入植者募集に辿り着いた、と言う。そして、秋田市から自動車で一時間の近距離にあること、政府が力を入れて近代的な大農経営の村を造ること、近くには景色のよい男鹿半島があることなどが八郎潟の魅力だと語った。

「私」は、この年から翌年にかけて全国から農村青年がやってきたとして、「土地を調べるため顕微鏡まで持ってきた者」（前掲『八郎潟―ある大干拓の記録』）や「数名のグループで湖畔の農家に泊まって、総合的に稲作を調べて歩いている者」を挙げ、その背後に在来日本農業の行き詰まりがあるのではないかと考察している。

第一次入植合格者の氏名が発表されたのは一九六六（昭和四一）年の晩秋（一〇月一七日）だった。その中に芝田勝郎の名があった、と千葉は書く。しかし、前掲『大潟村史』の「第一次入植者（五六名）出身地図」に芝田は載っておらず、つまり『八郎潟―ある大干拓の記録』の記載内容のすべてを事実そのままと見なすことの危険性が判明する。

一九六九（昭和四四）年九月、「私」は、秋田農業大博覧会（八月二日～九月二五日）の八郎潟会場（主会場は秋田市臨海工業用地）になっていた大潟村総合中心地を数年ぶりに訪れた。上面が日本海の高さと同じに設計されている干拓記念碑を見た後、「八郎潟館」（中央公民館）の展望塔に登る。

　広漠たる大地に思いっきりまっすぐに道を刻みつけ、その道は青く輝く地平へ伸びている。空の広さがここでは倍にも三倍にも感じられる。空の色は北方の精神を示すようにきびしい蒼さである。

「金茶色に熟《う》れだした耕地を囲んで、草原の風貌をむきだした荒い自然がひろがっている」のを見た「私」は、不意に平城京を想像する。

内裏を囲み、碁盤割りにひかれた都大路、そのまわりに立ち並ぶ丹塗《に》り白壁の家々……たぶん、新しい都はネズミの害に苦しめられたかもしれない。

近代農業の村は、およそ時代を超えた正反対のものを連想させるふしぎな幻想性を秘めていた。

作家の想像力は、壮大な規模で且つ忽然と姿を現した新天地という共通点に感応したのだろう。

秋田農業大博覧会が終わり、収穫の時を迎えた。芝田夫婦は、一〇アール当たり四〇〇キロの平均収量をあげた。二年目としては上出来と言えたが、一九七三（昭和四八）年以降に負債償還が始まり、税金がかかるようになると、実質収入は九〇万円以下となり、サラリーマンの平均に及ばず、秋田の出稼ぎ農家と同等の成績となると推定された。

村の目指す大型機械化農業は、機械と土地という固定資産を抱えざるを得ない上に、米の過剰生産問題に伴う良質米作りの競争にも晒《さら》される。前途多難なところへ減反政策が襲い掛かった。

遠い日の湖を探して

『八郎潟―ある大干拓の記録』の最終部分に進む。過剰となった米の生産量を調整し他の農作物へ転作させる減反政策は、一九六〇年代に始まった（廃止は二〇一八年度）。一九七〇（昭和四五）年、都道府県別の減産目標数量が示され、秋田県には、最終的に四万三千六六六トン・八千八〇〇ヘクタールが割り当てられた。

大潟村入植者たちの間では、減反はモデル農村という理想の挫折に他ならないとする反対論と、国全体の状況に鑑み協力すべしとするやむなし論とが対立した。しかし、休耕奨励金が引き上げられると、「休耕しても今の収入に見合うならば、この際思い切ってヘドロ改良を進め、不安な要素を克服するのがよい」という方向に傾いてゆく。

この年の三月下旬、「私」は雑誌の依頼で八郎潟新農村の表情を探るべく大潟村に赴いた。嶋貫村長と会い、減反問題、食糧管理法（政府が食糧に関する管理・調整・規制を行うことを定めた法律）、大型機械化農業等を巡って意見を交換した。

村長との対話を終わって外へ出ると、吹雪はうそのように姿を消して、上空に湖水のような真っ青な空が見えだし、寒風山が密雲の間から姿を現わした。そして、八郎潟全体がまぶしいまでに輝きだした。

早春の光が気温をやわらげ、グリーンベルトのクロマツやイタリヤポプラの梢から雪しずくがしたたっている。

恐ろしい世界が一変して、玲瓏《れいろう》たる美しい風景に移るさまを息をつめて見ていた。

二人の意見は必ずしも一致しなかったが、右のような描写から逆算するに、対談によって大潟村の将来に期待する気持ちが生じたと解釈することができよう。

翌一九七一（昭和四六）年の初夏、「私」は、残存湖を訪れる。昭和町（現潟上市）の八郎潟漁撈《ぎょろう》具収蔵庫や伊藤永之介「湖畔の村」に出てくる馬踏川のほとりの佃煮工場跡を経て湖岸に着くと、石田玲水の「わがみずうみ」を口ずさんだ。

以下は、堤防道路を走る車の中から見えた残存湖の様子である。

私は、茫として山も水もひと色の藍に溶けこんだ湖をながめる。かすかな藻草のにおい、ひっきりなしに聞こえてくるヨシキリの歌、岸辺の杭《くい》に干されたほの白いワカサギ網の影……それら全体から、遠い日の湖のにおいが静かに立ちのぼってくるようだ。

五分の一になった湖から、玲水の詠んだ「わがみずうみ」の痕跡を拾い上げようとしているかのごとくである。

『八郎潟―ある大干拓の記録』脱稿から四年後の一九七六（昭和五一）年一〇月三一日、千葉は東北電力を定年の二年前に退職した。一九七七（昭和五二）年六月に『アンデスの花』（家の光協会）を、一九七八（昭和五三）年一〇月に『山の湖の物語　田沢湖・八幡平風土記』（秋田文化出版社）を刊行するが、一九八二（昭和五七）年に肺結核の診断を受ける。

以後入退院を繰り返し、一九九一（平成三）年六月二三日、心不全により永眠。実姉の詩人・坂本梅子（一九一一～二〇一二年）は、千葉の死を悼む詩を「少年は魚を釣っていたのではない／少年の垂れた湖底ふかい釣糸は／少年の永遠を釣っていたのだ」と結んだ。

畠山義郎

自然美と世相を詠う

畠山義郎（一九二四〜二〇一三年）は、政治と詩作という対極にある二つの世界を生きた人である。一九五一（昭和二六）年、二六歳で下大野村（現北秋田市）の村長になり、一九五五（昭和三〇）年からは合川町（現北秋田市）の町長を一九九五（平成七）年まで務めた。

詩業はさらに長期に及ぶ。一九四一（昭和一六）年一二月、一七歳の時に詩誌『詩叢』を創刊し、一九四三（昭和一八）年五月に特別高等警察（政治・思想・言論を取り締まるために設置された警察）の弾圧によって終刊となるまで一八冊を発行した（佐々木久春「現代詩への旅二二」、『秋田魁新報』、二〇一〇年五月二九日、参照）。復員後、第一詩集『羈旅』（私家版、一九四六年一月）、第二詩集『別離と愛と』（蒼穹社、一九四六年七月）、第三詩集『故郷の星』（私家版、一九四七年八月）、第四詩集『晩秋初冬』（詩と詩人社、一九四九年九月）を立て続

けに刊行している。
一九八七（昭和六二）年九月には第七詩集『赫い日輪』（翌年秋田県芸術選奨受賞）を土曜美術社から出しているが、その中に「赫い日輪（その五）——八郎潟にて」という詩がある。

いつとなく
葭切りの葭の中の
啼きがやむとき
葭原のなかに闇が生まれる
日輪は西山に傾いて
残照が湖面を染める

（引用は、『畠山義郎全詩集』、コールサック社、二〇一三年、より、以下同じ）

この第一連は人間から見た世界である。「この時間魚は葭の根を／掻き分けて遊弋する」と詠む第二連は魚の世界で、第三連以降は「葭切り」（スズメ目ウグイス科の小鳥）の世界だ。

葭切りは揺れる葭のハンモックで

　視界から消える自己を
　休息睡眠の時と定める

太陽、山、湖という大自然から小さな鳥へフォーカスし、自らの心を同化させてゆく手法が面白い。

次に、二〇〇九（平成二一）年六月刊行の第一〇詩集『無限のひとり旅』（土曜美術社）所収「大潟村の菜の花」について。

第一連に「菜の花や／月は東に／日は西に」という蕪村の句を置く。「一瞬の／天地をうたった／江戸期の詩人」と受けた第二連に続くのが以下の第三連。

　寒風山《さむかぜやま》に稜線を引き
　輝き堕ちゆく太陽
　東の丘陵は
　しろい月がのぼる
　無限にひろがる
　村の菜の花

さらに、

規模壮大の故と
その因縁が
米余りとは
現代俳句が
摑みかねるか

と風刺を利かせ、「菜の花やああ菜の花や／菜の花や」と結ぶ。

蕪村句は、陶淵明、李白、柿本人麻呂らの日と月の対称を詠んだ先行作に連なるもの。末尾の「菜の花や――」は芭蕉作との俗説がある「松島やああ松島や松島や」（事実は狂歌師の田原坊の作とされる）のパロディ。畠山は、こうした系譜に大潟村の情景を位置づけようとしたわけである。

「赫い日輪（その五）――八郎潟にて」にしても「大潟村の菜の花」にしても、舞台は八郎潟調整池や大潟村であって、干拓前の八郎潟の残像は認められない。時は流れたのだ。

秋田県現代詩人協会長（一九九一～九五年）を務めるなど本県の詩壇をリードし、二〇〇九

（平成二一）年には秋田県文化功労者として表彰された畠山だったが、二〇一三（平成二五）年八月七日、肺癌に倒れた。

司馬遼太郎

干拓を複眼的に把握

「竜馬がゆく」（『産経新聞』一九六二年六月〜六六年五月）や「国盗り物語」（『サンデー毎日』一九六三年八月〜六六年六月）等の歴史小説で知られる司馬遼太郎（本名福田定一、一九二三〜九六年）は、紀行文の書き手としても健筆を振るった。

「街道をゆく」は、『週刊朝日』に長期連載（一九七一年一月〜九六年三月、作者逝去により未完）した紀行である。連載回数は千一四七回、歩いた街道は七二道に達した。

秋田に関わる部分は、『秋田県散歩、飛騨紀行』として朝日新聞社から単行本化（一九八七年九月）された。古代以来豊かで「歴史がおだやかに流れつづけてきた県」（前掲『秋田県散歩、飛騨紀行』、以下同じ）なので、「おそらく気分をのびやかにさせてくれるにちがいない、とおもった」というのが来秋の動機だった。

一九八六（昭和六一）年六月二六日、秋田空港に降り立った司馬は、タクシーで象潟の蚶満寺へ向かう。戦友の熊谷能忍《のうにん》が住職を務めていたからである。旧交を温め、その日は秋田市内のホテルに泊まった。

翌日は、秋田市寺内の菅江真澄の墓や、同市金足の真澄が滞在した旧奈良家住宅（国指定重要文化財）を訪れた後、男鹿市の寒風山に登った。山頂に立ち、三六〇度の展望の中から選んだ眺めは大潟村の広大な田圃だった。

この山の大いなる長所は、東方をむいたときに感ずる。八郎潟の美田が、眼下に見おろせるのである。

下山し、その大潟村へ。「大潟観光パレス」でカレーライスを食し、村の中心部に入った司馬は、「日本の農政家があこがれつづけた大農式の農園」ができて入植者を迎えた時に「〝食管赤字〟が泥沼に入ろうとしていた」という「ずれ」を思いつつ農場を見る。

はるかにつづく大地は、ちょうど小麦の刈りとりがおこなわれている最中だった。すべてそれらの労働は、コンバインその他の機械がやっていて、私どもの子供のころの

農村風景からみれば、外国としか言いようがない。
昭和初年の小学生のなれのはてである私は、ついこの光景を見ると、理非曲直を超えて、頼もしく思い、誇らしく思う気持をおさえきれない。
「もうこれで日本は、大丈夫だ」
という、理性をこえた気持といっていい。

「この感動」は、かつて建造中の戦艦「大和」を見た人の感動と似ているのではないかと推量し、「大和」建造を「たしかに愚行だった」とした上で、「八郎潟の干拓が計画された昭和二十年代には、繰りかえすようだが、たれも愚行だとは思わなかった」と続けている。理性的に考えれば「愚行」と言わざるを得ない干拓を、感情的には「頼もしく」「誇らしく」受け止めた司馬は、「それを思うことができただけでも、寒風山麓にきてよかった。」と結論する。歴史小説家らしい複眼的な把握と言えよう。

翌二八日は、能代の「風の松原」、大館の狩野亨吉《かのうこうきち》の生家跡、毛馬内（鹿角市）の内藤湖南の旧宅を訪れ、十和田湖畔を巡ってから秋田市へ戻り、「秋田紀行」を終えた。

その後の司馬は、一九九三（平成五）年に文化勲章を受章するなど、「国民作家」にふさわしい評価を受けたが、一九九六（平成八）年二月一二日、腹部大動脈瘤破裂のため国立大阪病

院（現国立病院機構大阪医療センター）にて死去した。七二歳だった。

あとがき

鎌倉時代から昭和時代の前半まで、北方の大湖八郎潟は多くの文人墨客を呼び寄せ、数々の文献に記される結果をもたらした。干拓によって、八郎潟本来の吸引力はほぼ消滅したと言える。残念極まりない。

反面、昭和の後半以降、消えゆく八郎潟と残った八郎湖、そして新たに生まれた大潟村が描かれるようになる。それらは、歌枕・俳枕としての景観や旅情とは対極にある社会的・政治的テーマの素材となった。干拓によって失ったものもあれば得たものもあるのだ。

そもそも、人間の営みそのものが自然を破壊する行為に他ならない。開発とか治山治水とかいう表現も、あくまでも人間の側からのネーミングである。八郎潟の干拓もそうした営みの一つの形態ということになる。

とは言え、ＳＤＧｓ（持続可能な開発目標）に象徴されるように、人間の在り方自体が根底から問い直され始めた今、国策としての干拓事業の成果と問題点を再検証し、八郎湖、大潟村、そして周辺地域の将来を構想することは必要だ。

文学の舞台としての八郎潟の今後についてはどうか。例えば、旧八郎潟一帯に文学碑を建てたなら、干拓前の景観を現地に立って確認するよすがとなる。仮に本書で示した場面に即せば六九基になり、世界に類を見ない規模の碑群となろう。

八郎潟・八郎湖と大潟村を描いた作品をすべて収録した「八郎潟文学全集」の編纂もいい。本書では一部の引用しかできなかったが、文学空間としての八郎潟が丸ごと捉えられれば、思いがけない化学反応が起きるかもしれない。

喪失を嘆くばかりではなく、大潟村の水田を湖面に見立て、かつての大湖を想像してみるのも面白かろう。残った八郎湖に舟を浮かべ、菅江真澄を偲びつつ中秋の名月を賞でるという企画も魅力的だ。

八郎潟に関わる作家（作品）に限定して記述したが、彼ら彼女らが八郎潟だけを訪問して秋田を去ったわけでは勿論ない。したがって、本書を手掛かりに、秋田県に関する幾つもの「文学誌」を綴ることが可能となることを付言したい。

執筆に当たっては、八郎潟・八郎湖学研究会の谷口吉光、天野荘平、杉山秀樹、八柳知徳の各氏から助言と情報提供を受けた。また、出版に至ったのは、新聞連載の読者諸賢からの要望と秋田文化出版の石井春彦社長の勧めによる。ありがたいことである。

主要参考文献

『秋田県史第一巻』、（秋田県、一九六二年）
『八郎潟町史』（八郎潟町、一九七七年）
『蕪村文集』（岩波文庫、二〇一六年）
森本哲郎『月は東に　蕪村の夢　漱石の幻』（新潮社、一九九二年）
『日本歴史地名大系5』（平凡社、二〇〇四年）
内田武志・宮本常一編訳『菅江真澄遊覧記4』（平凡社、二〇〇〇年）
『平成十年度「真澄による新秋田紀行」調査報告書』（秋田県立博物館、一九九九年）
『古戦場―秋田の合戦史―』（秋田魁新報社、一九八一年）
石井正己『菅江真澄が見た日本』（三弥井書店、二〇一八年）
イザベラ・バード『日本奥地紀行』（平凡社、二〇〇〇年）
『八郎潟の研究』（秋田県教育委員会、一九六五年）
『男鹿市史／上巻』（男鹿市、一九九五年）
宮本常一『イザベラ・バードの『日本奥地紀行』を読む』（平凡社、二〇〇二年）
『露伴全集』（岩波書店、一九七八年）
復本一郎『子規紀行文集』（岩波書店、二〇一九年）
『子規全集／第十三巻』（講談社、一九七六年）
田山花袋『草枕』（隆文館、一九〇五年）
工藤一紘『小説　露月と子規』（秋田魁新報社、二〇一八年）

『石井露月著作集復刻版』（雄和町、一九九六年）
『石井露月日記』（露月日記刊行会、一九九六年）
『露月俳句鑑賞講座《明治編》』（石井露月研究会、二〇二〇年）
北条常久『『種蒔く人』研究―秋田の同人を中心として―』（桜楓社、一九九二年）
大地進『黎明の群像―苛烈に生きた「種蒔く人」の同人たち』（秋田魁新報社、二〇〇二年）
『昭和戦前期プロレタリア文化運動資料集』（丸善雄松堂、二〇一七年）
金子洋文『雄物川』（金子洋文米寿記念刊行会、一九八一年）
『秋田市立土崎図書館所蔵／金子洋文資料目録』（秋田市立土崎図書館、二〇〇七年）
『男鹿文苑』（男鹿市制十周年記念企画委員会、一九六四年）
荻原井泉水『ゆけむり集』（層雲社、一九三二年）
『矢田津世子全集』（小澤書店、一九八九年）
『神楽坂・茶粥の記　矢田津世子作品集』（講談社文芸文庫、二〇〇二年）
杉山秀樹『八郎潟・八郎湖の魚／干拓60年、何が起きたのか』（秋田魁新報社、二〇一九年）
『新装版島木健作全集』（国書刊行会、二〇〇三年）
『伊藤永之介／生誕百年／深い愛、静かな怒りのリアリズム』（至文堂、二〇〇三年）
伊藤永之介『湖畔の村』（新潮社、一九三九年）
伊藤永之介『消える湖』（光風社、一九五九年）
江崎淳編『松田解子年譜』（光陽出版社、二〇一九年）
『松田解子短篇集』（創風社、一九八九年）
松田解子『朝の霧』（古明地書店、一九四二年）

松田解子『女の見た夢』（興亜文化協会、一九四一年）
松田解子『松田解子　白寿の行路―生きて　たたかって　愛して　書いて―』（本の泉社、二〇〇四年）
『ふるさと文学館　第六巻　【秋田】』（ぎょうせい、一九九五年）
『乳を売る・朝の霧　松田解子作品集』（講談社、二〇〇五年）
菊岡久利『野鴨は野鴨』（三笠書房、一九四〇年）
『齋藤茂吉全集』（岩波書店、一九七四～五年）
石田玲水『八郎潟風土記』（叢社、一九五六年）
齋藤茂吉『白き山』（岩波書店、一九四九年）
今野賢三『秋田県労農運動史』（同刊行会、一九五四年）
今野賢三『黎明に戦ふ』（春秋社、一九三六年）
三好達治『測量船』（第一書房、一九三〇年）
三好達治『駱駝の瘤にまたがって』（創元社、一九五二年）
『三好達治全集第八巻』（筑摩書房、一九七六年）
『定本三好達治全詩集』（筑摩書房、一九六二年）
石田玲水『秋田県短歌史』（寒流社、一九六〇年）
宮越郷平『和顔愛語の生涯／石田玲水』（アキタパーク美術館、一九九五年）
石田玲水『湖畔』（短歌新聞社、一九八〇年）
瓜生卓造『八郎潟』（講談社、一九六二年）
『大潟村史』（大潟村、二〇一四年）
井上光晴『幻影なき虚構』（勁草書房、一九六六年）

『斎藤隆介全集1／八郎・モチモチの木（短編童話1）』（岩崎書店、一九八二年）
斎藤隆介『ベロ出しチョンマ』（理論社、一九六七年）
斎藤隆介『天の赤馬』（岩崎書店、一九七七年）
斎藤隆介『ソメコとオニ』（岩崎書店、一九八七年）
高井有一『作家の生き死』（角川書店、一九九七年）
高井有一『夜明けの土地』（新潮社、一九六八年）
千葉治平『八郎潟―ある大干拓の記録』（講談社、一九七二年）
千葉治平『山の湖の物語　田沢湖・八幡平風土記』（秋田文化出版社、一九七八年）
畠山義郎『別離と愛と』（蒼穹社、一九四六年）
畠山義郎『晩秋初冬』（詩と詩人社、一九四九年）
畠山義郎『赫い日輪』（土曜美術社、一九八七年）
畠山義郎『無限のひとり旅』（土曜美術社、二〇〇九年）
司馬遼太郎『秋田県散歩、飛騨紀行』（朝日新聞社、一九八七年）

八竜IC
三種町
もりたけ
森岳温泉郷
西部承水路
三種川
姥御前神社
久米岡
奥羽本線
かど
鹿渡川
鹿渡
琴丘森岳IC
道の駅ことおか
秋田自動車道
総合中心地
神馬沢
大潟村
鯉川川
東部承水路
こいかわ
三倉鼻
天瀬川
三倉鼻公園
筑紫岳
夫殿の岩窟
高岳山（高岡山）
「湖畔の村」の舞台とみられる地域
糠森
八郎潟町
塞ノ神農村公園
夜叉袋
森山
諏訪神社
「消える湖」の舞台とみられる地域
五城目八郎潟IC
朝市通り
ぱちろうがた
南部排水機場
一日市
宗延寺
上昼寝
畠山松治郎・近江谷友治の碑
「女中奉公」の舞台とみられる地域
馬場目川
大川
実相院
払戸
八郎潟調整池
八郎潟残存湖
五城目町
ふなこし
井川町
八龍神社
いかわさくら
防潮水門
てんのう
潟上市
うごいいづか
船越
船越の松林
船越水道
八龍橋
東湖八坂神社
開得寺
三吉神社
ふただ
八郎神社
かみふただ
おおくぼ
昭和
馬踏川
昭和男鹿半島IC
八郎潟漁撈収蔵庫
でとはま
秋田市

関連地図

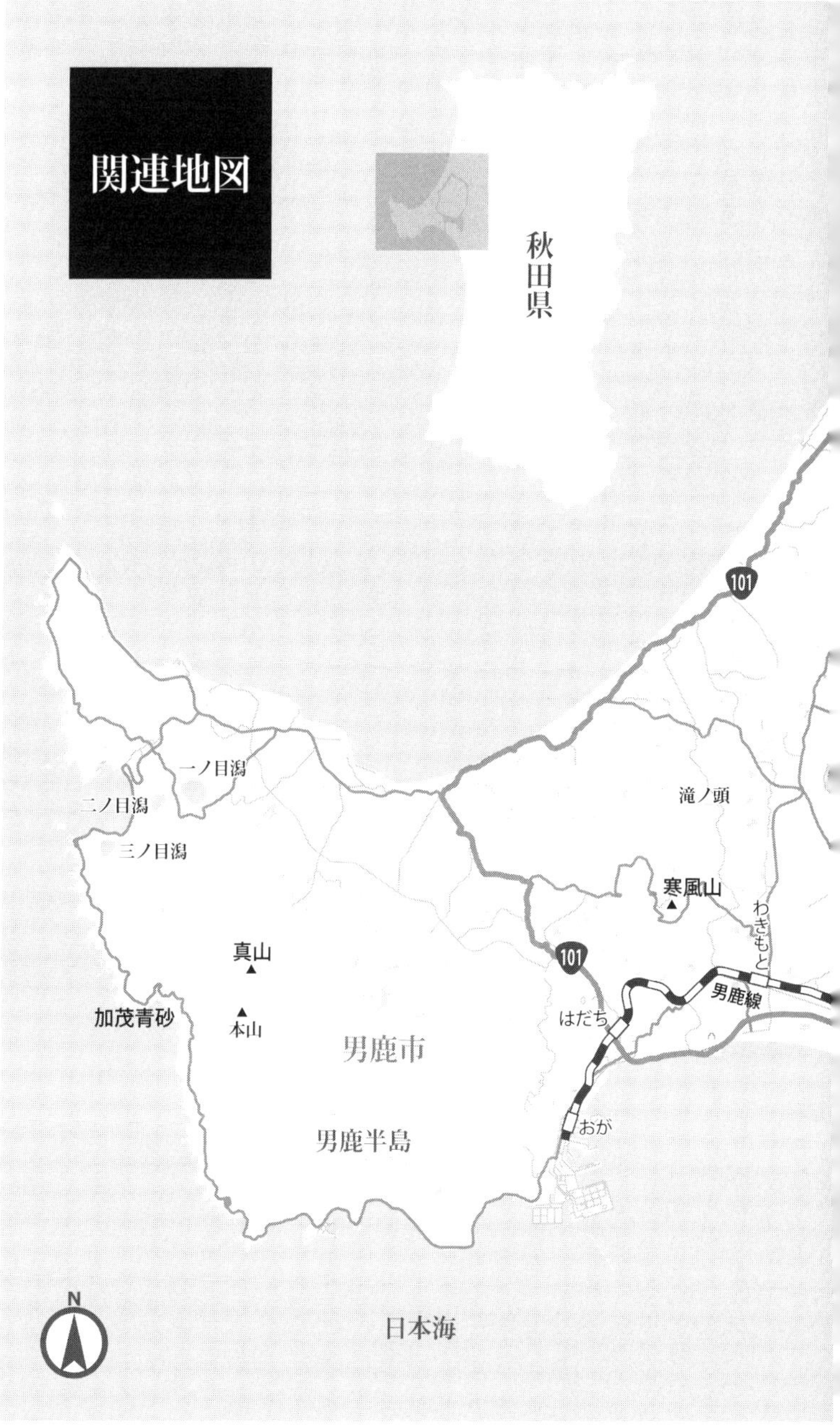
秋田県
101
一ノ目潟
二ノ目潟
三ノ目潟
滝ノ頭
寒風山
わきもと
真山
101
男鹿線
本山
加茂青砂
はだち
男鹿市
おが
男鹿半島
N
日本海

地名索引

人名索引

索引

事項索引

著者プロフィール

高橋秀晴　たかはしひではる

一九五七年、秋田市生まれ。早稲田大学卒業、上越教育大学大学院修士課程修了。秋田県立秋田南高等学校教諭、秋田工業高等専門学校助教授等を経て、現在、秋田県立大学教授兼副学長。日本近現代文学専攻。

著書に『七つの心象／近代作家とふるさと秋田』（秋田魁新報社、二〇〇六年）、『秋田近代小説・そぞろ歩き』（秋田魁新報社、二〇一〇年）、『出版の魂／新潮社をつくった男・佐藤義亮』（牧野出版、二〇一〇年）、編著に『種蒔く人』の射程―一〇〇年の時空を超えて―』（秋田魁新報社、二〇二二年）、共編著に『東北近代文学事典』（勉誠出版、二〇一三年）、など。

八郎潟文学誌

二〇二四年三月三一日　初版発行

著者　高橋秀晴

発行　秋田文化出版株式会社
〒〇一〇—〇九四二
秋田市川尻大川町二—八
ＴＥＬ（〇一八）八六四—三三二二（代）
ＦＡＸ（〇一八）八六四—三三二三

＊

ISBN978-4-87022-616-6
地方・小出版流通センター扱